Cinza, carvão, fumaça e quatro pedras de gelo

Luis Erlanger

Cinza, carvão, fumaça e quatro pedras de gelo

GLOBOLIVROS

Texto fixado conforme as regras do Acordo Ortográfico da Língua Portuguesa
(Decreto Legislativo nº 54, de 1995).

Este livro é uma obra de ficção inspirada livremente em eventos reais.
Personagens, situações e outros elementos foram adaptados para efeito dramático.

Editora responsável: Camila Werner
Editores assistentes: Lucas de Sena Lima e Luisa de Mello Tieppo
Preparação de texto: Silvia Massimini Felix
Revisão: Erika Nakahata e Thiago Barbalho
Capa e diagramação: Renata Zucchini

1ª edição, 2018

CIP-BRASIL. CATALOGAÇÃO NA PUBLICAÇÃO
SINDICATO NACIONAL DOS EDITORES DE LIVROS, RJ

E63c

Erlanger, Luis
Cinza, carvão, fumaça e quatro pedras de gelo / Luis Erlanger. - 1. ed. - São Paulo : Globo Livros, 2018.
212 p. : il.

ISBN 978-85-250-6686-2

1. Ficção brasileira. I. Título.
18-53051 CDD: 869.3
CDU: 82-3(81)

Vanessa Mafra Xavier Salgado - Bibliotecária - CRB-7/6644

Direitos exclusivos de edição em língua portuguesa
para o Brasil adquiridos por Editora Globo S.A.
Rua Marquês de Pombal, 25
20230-240 — Rio de Janeiro — RJ
www.globolivros.com.br

Às cinzas, carvões e fumaças
que foram amor sólido como gelo.

Tudo que é sólido desmancha no ar.

Marshall Berman
[apud Karl Marx e Friedrich Engels]

Este livro é uma obra de ficção inspirada livremente em eventos reais. Personagens, situações e outros elementos foram adaptados para efeito dramático.

Quando Hans Ruedi Giger Junior completou um ano, seu pai resolveu homenageá-lo escalando o Eiger, uma das montanhas mais perigosas do mundo, com quase quatro mil metros de altitude e uns mil e duzentos metros de proeminência topográfica, nos Alpes Berneses. Reconhecido como patrimônio da humanidade pela Unesco, na Suíça — terra natal da família —, o Eiger levou à morte, desde 1935, pelo menos sessenta e seis escaladores na sua vertente norte, conhecida como "parede assassina".

Não ficou claro, mas esta seria a segunda tentativa de Hans-pai, no final da década de 1970. Na primeira, fora impedido por uma razão alheia à expedição. A razão, aliás, foi Hans-filho, ainda em gestação. Desta vez, repetia resoluto a quem tentava demovê-lo da ideia, só não subiria se caísse morto por um raio antes de dar a primeira passada rumo ao escarpado.

Foram criados equipamentos especiais para superar esse desafio mortal, como o *crampon* de doze pontas, feito para dar mais firmeza às passadas no gelo duro. O nome da peça é uma designação para um conjunto de ponteiras fixado à sola da bota do escalador, para permitir sua progressão, evitando uma escorregadela fatídica. Até então, cerca de meio século antes, o *crampon* mais seguro tinha a metade dessas pontas. Seis, o que já era considerado um exagero.

Em 1938, o editor do *Alpine Journal*, Edward Lisle Strutt, obviamente um radical aficionado por esse esporte radicalíssimo, classificou a face norte do pico como "uma obsessão para os doentes mentais" e "a variante mais imbecil desde que o alpinismo começou".

Na primeira vez, mesmo depois de tantos planos movidos a *eau de vie* de Ramsey — o famoso destilado de maçã e pera —, fez sentido para Hans-pai recolher os equipamentos ainda na base do cume. Um ano e nove meses antes do que viria a acontecer, estava terminando os preparativos quando soube, por um gaguejante telefonema da mulher, Ursula, que conseguiu alcançá-lo pelo rádio na base da expedição, da confirmação da esperada e difícil gravidez. Ela já suspeitava e adiava o teste, mas foi naquela hora que sua urina assinalou em lilás o marcador de farmácia. Se desse negativo, Ursula pretendia mentir de qualquer jeito, na última tentativa desesperada de trazê-lo de volta para casa.

Seus amigos concordaram, era melhor voltar para casa imediatamente. Sem lamentos, o motivo era para comemorar. Um filho! Poderiam retomar a aventura depois. Já valera pelo encontro. Pela bebida. O Eiger viraria um objeto de desejo ainda mais forte, a ser alcançado num futuro próximo.

Foi uma justificativa caída dos céus — comentaram que era uma boa metáfora, uma vez que se tratava de altitude —, já que a aragem se transmutava em rajadas que chicoteavam seus rostos. E, admitiram, haviam bebido além do razoável. Da próxima vez, deixariam para encher a cara depois da descida.

Foram todos para a casa do futuro e orgulhoso papai. Lá, mais bebida para comemorar a boa-nova.

Passou o tempo e, finalmente, era chegada a hora: Hans-pai beijou a testa de Hans-filho, que agora completava um ano, a boca da mulher, e foi na direção dos mesmos colegas, Kubilay e Blerim, que o aguardavam na frente da casa, dentro do utilitário, motor ligado, fumando, como da outra vez, um cigarro coletivo de maconha. Levava enrolada, debaixo do braço, uma bandeira vermelha, com as letras J e R no centro da cruz branca. A conquista do cume seria o presente de aniversário para o Junior. Era o que repetia para a mulher. Ele iria de qualquer jeito.

Ursula disfarçou o choro. Assim que a porta se fechou, correu para acalentar o filho. Desistira de fazer Hans desistir, mas fazia as advertências de forma protocolar:

— Você chega lá no alto e faz o quê? Desce! Coisa de maluco, agora você é pai...

Hans apenas ria e tentava abraçá-la, gesto repelido com gemidos de lamento. E palavrões que não combinavam com a doçura dela. Ursula chegava a bater com força no peito dele. Às vezes, tanto amor faz com que quem ama machuque a quem ama pelo medo de vê-lo machucado.

Bem, ele não era de todo irresponsável. Ótima forma física, era praticante do alpinismo com boa experiência. Nada parecido com o Eiger, que era mesmo atemorizante. Houve muito planejamento e treinamento, que não foram abandonados durante esses quase dois anos, antes de decidirem que o aniversário de um ano de Hans-filho era o pretexto comemorativo para retomarem a aventura interrompida.

Para o trio, o segredo era ir com calma. Sem pressa. As poucas escaladas bem-sucedidas levaram em torno de catorze horas. Eles imaginavam cumprir a subida em dezoito.

Tempo bom, chegaram com relativa facilidade à encosta Mönch, uma pequena formação de massa granítica no meio daquele oceano branco, o último obstáculo antes do Jungfrau, o ponto mais íngreme da cordilheira, cujo nome pode ser traduzido do alemão como "virgem".

Temperatura ambiente a onze graus negativos, umidade em torno dos oitenta por cento e vento de dez quilômetros por hora, os três suando em bicas e eis o momento decisivo, no último e mínimo platô disponível. Se é que se poderia chamar assim aquele degrau escorregadio. Houve um rápido abraço coletivo, num ritual silencioso, a confirmação de que iriam em frente, para cima, nos últimos duzentos metros decisivos. Uma pequena distância que para alguns tem tamanho significado que justifica arriscar a existência.

Hans buscava a flâmula na mochila quando soou o estrondo medonho, como se a Terra sofresse uma fratura exposta, indicando que o Eiger vomitaria caminhões de neve. Lavas gélidas, branquíssimas de gelo volátil. O que é a quantidade: em pequenos cubos é a alegria num copo com uísque, às toneladas vira um frigorífico mausoléu.

Mata e conserva.

Assim foi: Blerim e Kubilay conseguiram pular para um pequeno recôncavo na rocha, mas Hans foi colhido em cheio pela alva e imensa onda de neve, com a bandeira suíça do Junior na mão.

Passada a avalanche, depois de intermináveis minutos, os dois procuraram pelo amigo, aos gritos, até o sol dar sinais de que estava concluindo sua jornada daquele lado do planeta.

O desespero era por encontrá-lo vivo. A dura regra do alpinismo é que mortos não descem as montanhas. Os corpos permanecem para sempre insepultos à baixa temperatura, espantalhos a advertir, na maioria das vezes, infrutiferamente, os novos aventureiros de que é melhor não prosseguir.

Quando o utilitário freou na calçada em frente à sua casa dois dias antes do previsto, Ursula nem precisou abrir a porta para deduzir o acontecido.

Os colegas de Hans, morto aos vinte e nove anos, entregaram, constrangidos, a maldita bandeira, o único pertence do amigo que conseguiram recuperar.

Assim que saíram, Ursula correu para pôr no colo o pequeno Junior, que ela teria de criar sozinha. Inconscientemente, agasalhou a criança com o pano que simboliza seu país. O que sobrou do pai. O bebê buscou com avidez o seio da mãe, apesar de, um pouco antes, ter tomado uma mamadeira inteira.

Quando Hans Ruedi Giger Junior chegava aos quarenta anos, já casado e com dois filhos, comunicou à mãe que subiria a montanha que matou Hans-pai. Para fazer uma homenagem, acrescentara a palavra "pai" na bandeirola com as letras do seu nome.

A velha Ursula nem argumentou. Sabia que seria em vão.

Seu filho crescera obcecado pela história do pai que praticamente não conheceu.

Sua única lembrança paterna era uma foto do dia da partida, Hans já paramentado para a viagem, um sorriso contagioso, o brilho nos olhos que vencia as lentes dos óculos para neve. Pai e filho mais pareciam gêmeos idênticos, até a barba rala de Junior imitava a do progenitor.

Uma pane no computador liquidara todas as poucas fotos antigas digitalizadas da família. Só restara esse retrato de papel.

Junior era executivo de uma importante indústria de guindastes, equipamentos pesados de construção e outras coisas do gênero — a Gornergrat exportava para o mundo todo, inclusive para o Brasil.

Hans-filho também tinha o alpinismo como hobby.

Nunca se arriscara em picos mais ameaçadores. O coração de mãe sempre soube que aquela hora chegaria. E, ao mesmo tempo que desejava acompanhar ao máximo o crescimento dos netos, torcia para estar morta antes desse dia.

A mulher dele, Gardi, e seus dois filhos, Werner, de quinze anos, e Roland, de doze, também trataram a expedição como inevitável. A saga do avô era assunto constante à mesa de refeições. Servia de consolo saber que os equipamentos modernos eram muito mais seguros, assim como a capacidade de previsão do tempo e até de deslizamentos.

Os Giger também ficaram reconfortados com a decisão de Junior de ser acompanhado por dois profissionais,

Rainer Eder e Magnus Mitboe, ambos do time olímpico suíço. Não que a possível inexperiência de Blerim e Kubilay houvesse contribuído para o infortúnio de décadas atrás. Só que os dois nem tinham mais saúde e idade, muito menos disposição, para essa travessura de adulto. Claro que a companhia de dois atletas de ponta era motivo de comemoração. Ou de um pouco menos de temor.

Ao contrário da experiência paterna, enfrentaram o mau tempo, ventanias fortes e até nevascas esparsas. Levaram quase o dobro do tempo da expedição do pai, e eis que, num belo início de entardecer, Hans, Rainer e Magnus se encontraram montando as barracas no mesmo Mönch.

A luz já se ia, deixariam o último e grande desafio para a manhã seguinte, já recuperados do cansaço pela exaustiva subida até ali.

A missão agora era matar, em goles sucessivos, passando a garrafa, um litro de *eau de vie* de Ramsey (duzentos por cento de teor alcoólico), que sempre levava à piada sobre "frio na espinha".

Piada pronta.

A neve, diferentemente de quando ocorreu a tragédia com seu pai, desbarrancou sem aviso prévio alarmante. Houve uma discreta revoada de um pequeno bando de melros-d'água. Mas bastou a movimentação silenciosa dos passarinhos escuros, o que aumenta o contraste dos bicos bem vermelhos na branquidão imensa, para que os três se atirassem numa gruta que se descortinou, a mesma que salvara Blerim e Kubilay na jornada anterior.

Desta feita, todos conseguiram alcançar o pequeno abrigo improvisado a tempo.

Agachados e comprimidos na pedra fria, não havia nada a fazer a não ser esperar que a neve saciasse seu ímpeto avassalador, o que, desta vez, durou a noite toda, transcorrendo sob o intermitente e sombrio ronco surdo da massa branca.

Assim que clareou, retiraram a densa camada de neve que encobrira a pequena ribanceira onde se esconderam, e a intenção, insana, era até de continuar subindo, quando uma visão estarrecedora atraiu a atenção dos três.

A uns vinte metros abaixo, a tempestade de neve desnudara um disforme bloco maciço de gelo, que brilhava intensamente, como um enorme diamante bruto. Mesmo à distância, tamanha limpidez, era possível ver que havia algo incrustado dentro dele. O formato era de um homem.

Apesar de ser o único amador, Hans, por uma intuição inconsciente, foi o primeiro a vencer, nervoso e veloz, a ladeira íngreme, cheia de obstáculos e escorregadia.

Como numa vitrine, ele se viu cara a cara com o pai morto, conservado no frio intenso.

O pai morto, aos vinte e nove anos.

Ele, vivo, passando dos quarenta.

Uma assustadora estátua dele mesmo exatamente como era naquela idade.

Foi com muita insistência, pois sabiam que a noite desce rápido em Grindelwald, que Rainer e Magnus arrastaram Hans, catatônico, montanha abaixo, até o vale de Lauterbrunnen.

No carro, para quebrar o silêncio sepulcral, tão imenso que chegava a doer nos ouvidos, Magnus ligou o rádio do carro. A música estava precisamente na estrofe "Born to be wild", da banda de rock canadense Steppenwolf, consagrada como tema icônico do filme igualmente emblemático *Sem destino* — ou *Easy Rider*, seu nome original — e considerada a primeira do estilo heavy metal. Hoje mais parece uma balada.

Instintivamente, os três, sem canto ou palavra, passaram a projetar as cabeças mecanicamente para a frente e para trás, como se batessem numa parede invisível.

Booorn to be wiiiild... Booorn to be wiiiild... Tá bom. Isso é bacana para rock pauleira. Na vida real do homem civilizado, tiro, faca, queda da própria altura, raio, onda gigante, montanha-russa, parapente, poste ou cirrose etc. etc. etc. costumam dizimar os humanos mais intrépidos. Num zás. Exatamente como o lobo da estepe estraçalha rapidinho a lebre felpuda e branquinha como leite fresco, parecida com a de Düher, o quadro predileto de Hans-pai, só que alvíssima e com olhos de um cor-de-rosa de intensidade suficiente para denunciá-la na alva neve, que foi desatenta ao botar o focinho para fora da toca segura assim que a chuva de granizo deu pausa.

Em segundos, sobram poucos restos de ossos, pele e cartilagem duras, tingidos de vermelho, à espera de insetos e outros carniceiros degrau abaixo na cadeia alimentar. Os doces olhinhos são bug na seleção natural? Nada disso: coelhos se proliferam em abundância, lobos estão mais para animal em extinção. Triste, dependendo do ponto de vista, mas justíssimo para a Mãe Natureza.

Bom, desde que essa história, a de Hans no gelo, ficou conhecida, nenhum alpinista voltou ao ponto mais alto do Eiger.

— Vaza, o cara está vivo.

João Pedro Fonseca Steinbruck despertou com um puxão no pulso. Alguém tentava arrancar seu Mido semiautomático, que ganhara da avó ao completar quinze anos de idade — quem o usava antes era o avô, já morto neste seu aniversário. Um modelo velhusco charmoso pela antiguidade do mecanismo, de vanguarda quando foi lançado. Não é de dar corda nem tem bateria. Uma pequena bilha fica rodando com o movimento do braço de quem está usando e faz a engrenagem andar. Se você fica algum tempo sem movimentar, para. Aguenta ficar quieto umas sete horas na cabeceira de noite. Pela manhã, na primeira leve sacudida, vai começar a trabalhar.

Os ponteiros estavam parados no equivalente a nove horas. Num velho analógico, nunca se sabe se do dia ou da noite. A luz forte do sol tostando sua cara deixava claro que passava do meio-dia. Então ele e o relógio ficaram parados por muito tempo.

O corpo estava todo dolorido, sobretudo na parte de trás da cabeça e na barriga, bem do lado direito. Dava para sentir o sangue coagulado nos cabelos e, mesmo com a vista embaçada, eram visíveis umas quatro pequenas manchas avermelhadas escuras, todas do tamanho de confete de carnaval. Ao tentar acertar os cabelos empastelados de sangue seco, percebeu corte e contusão na parte de trás da cabeça. Ao tato, uma leve dor aguda, que são as piores. Não precisava ser perito para concluir que os machucados eram de origens diferentes. Da cabeça, era fácil deduzir que resultou da queda para onde fora atirado, a caçamba; as pedras e até um vergalhão, em posição equivalente ao espaço do seu corpo caído, estavam tingidos de vermelho escuro. Uma, em particular, era mais protuberante e aparentava ter alguns fios de cabelo grudados. Entendeu que tinha sido ali que sua cabeça dera a forte batida na queda. Ele fora atirado lá dentro, como complemento das agressões. Não fazia a menor ideia das circunstâncias, muito menos da autoria. Assalto? Nunca dera motivo para uma vingança sangrenta nem para um crime passional. Sequer briga de trânsito. Era um belo exemplo de sujeito pacífico. Até meio banana para seu gosto.

Estava de terno e gravata, uma vestimenta que não costumava usar. As dúvidas só se agigantavam.

A perplexidade ultrapassou a estratosfera ao se dar conta de que estava numa dessas caçambas de recolher entulho. "Made in Switzerland" eram as inscrições, que, pelo inusitado da localização, saltaram da lataria aos seus olhos turvos, indeléveis à ferrugem, à sujeira e às perfurações de grosso calibre naquele fim de mundo, como se referia aos bairros "além-túnel".

Achou que iria perder a consciência novamente. Talvez pela marca da procedência da caçamba, sua lembrança mais recente foi o filme sobre a família suíça na montanha de gelo. Depois disso, não se recordava de mais nada até aquele instante. Antes, tudo. Infância, adolescência, os pais, o trabalho, lembrava-se de tudo. Um branco no lugar do travado flashback do lixão até o homem congelado. Isso não só estava vivo no seu pensamento como, mesmo enfrentando sua própria pedreira, voltou tão forte quanto uma assombração. Assistira ao filme numa sala de espera de clínica de diagnóstico por imagem, em que a consulta estava tão atrasada que deu para ver até o final da reportagem na televisão utilizada para distrair os pacientes. Foi algo tão impactante que provocou reações generalizadas num ambiente onde normalmente todo mundo fica quieto. Até os diálogos voltaram à sua mente.

Um senhor aparentemente bem idoso e de cor amarela macilenta, que indica que a saúde está se esvaindo, quebrou o silêncio típico e gritou, assustando os presentes:

— Cascata!

Ao que uma jovem com uma tatuagem tribal no pescoço achou por bem responder, tirando os fones de ouvido:

— Desculpe, mas é bem possível. Li na internet que uma geleira derreteu nos Alpes suíços e uma coroa de quase oitenta anos achou os corpos dos pais, desaparecidos há setenta e cinco anos, é mole? Ela tinha cinco anos. Eles saíram para ordenhar a vaca e sumiram. Ela e os irmãos passaram todos esses anos procurando. Fiquei pensando, se eles, os pais, não tivessem morrido, já teriam morrido. Coisa doida. Gelo é fogo.

Tempo, espaço, morte, gelo, memória, essa soma de elementos era mais forte. No lugar do feito paralisante, deveria mover-se para a sobrevivência. E permanecia estático cavucando recordações.

Em vez de fugir, pensamentos elétricos fizeram a conexão entre as temíveis geleiras da Europa e o igualmente mortífero sol da Baixada Fluminense, tentava imaginar, estático, como fora parar naquele inferno. E brotou do jardim da lembrança um poema marcante das aulas de inglês, devia ter uns doze anos. Robert Frost. Atenção: o autor era "frost"!

Some say the world will end in fire,
Some say in ice.
From what I've tasted of desire
I hold with those who favor fire.
But if it had to perish twice,
I think I know enough of hate
To say that for destruction ice
Is also great
And would suffice.[*]

[*] "Uns dizem que o mundo acabará em fogo,/ Outros dizem que vai ser em gelo./ Do que eu pude provar sobre desejo/ Fico com os que são a favor do fogo./ Mas se tivesse que perecer de novo/ Pelo que conheço do ódio da gente/ Posso dizer que destruição glacial/ É igualmente intensa/ E também suficiente."

Era obcecado pelo poema. Só que via os elementos escolhidos como metáforas. Nunca antes tinha pensado para valer no poder destruidor do frio.

Na semana seguinte àquela lição, a de inglês, com a *very exciting* Miss Earhat, que fazia sua imaginação, intoxicada por hormônios, voar, e era o alvo predileto das suas primeiras fantasias sexuais, foi a uma dermatologista para eliminar uma verruga irritante no dedo polegar. Imaginava que o processo seria de cauterização com bisturi elétrico. A doutora apresentou a criocirurgia, com nitrogênio líquido. E a pereba virou pó. Como disse a moça da sala de espera, gelo é fogo. Fogo também era Miss Earhat, ruiva devidamente sardenta.

No meio daquele caos mental, João Pedro entrou num estado de excitação erótica que mais lhe pareceu um prenúncio da morte, um estertor traduzido em ereção.

Uma forte ânsia de vômito foi o alerta decisivo de que teria que deixar a lembrança libidinosa para outra oportunidade, ou nem oportunidade haveria.

Sua barriga latejava espasmodicamente com força, como se fosse explodir. Precisava urgentemente de socorro, e era ele quem deveria se mexer atrás disso.

Com muito esforço e dor, por duas vezes tentou, bloqueado pela vertigem. Temia que, se voltasse a apagar, os caras que queriam seu relógio retornariam para acabar o serviço. No sentido mais amplo da expressão.

Embora há tempos sua vida não fizesse muito sentido, repetia da boca para fora, para si mesmo: basta se chegar perto da morte para se dar valor à vida. Queria viver, ora! Ainda mais porque só tinha quarenta anos de idade. Teve que pensar um pouco para ter certeza da idade.

Mais uma tentativa e pulou fora, num tombo circense, como se não houvesse um assim, de circo. Os locais onde aparentemente tinha sido furado por uma lâmina fina sentiram a queda de forma torturante. O ferimento na cabeça voltou a sangrar, mas aparentava ser superficial. Na barriga é que parecia grave. Além de buraquinhos com pouco sangramento, a área ao redor estava bem roxa. Ninguém precisa ser formado em Medicina para saber que isso é sinal de hemorragia interna.

Nada de desmaio, respirou fundo e partiu em busca da salvação.

Em volta, outras caçambas, montes de lixo fétido, fogueiras, crianças, adultos e velhos, recolhendo o que encontravam de proveitoso. Com certeza era um desses aterros sanitários.

Ajeitou o nó da gravata, aprumar-se numa lixeira se traduziria em autoridade, e saiu caminhando, firme para não cambalear, como se fosse a coisa mais normal do mundo. Atrás de uma rua pavimentada, deveria haver algo parecido com civilização por perto.

Incrivelmente — o fato ocorreu no Rio de Janeiro —, estava com a carteira de dinheiro e o cartão de crédito, assim como o celular com a bateria no bagaço, nos bolsos da calça social. Ao checar todos os pertences, veio a assustadora conclusão: se não fora roubado, quem o furou seguidamente apenas queria matá-lo. Reconsiderou que a palavra "apenas" não deveria ser aplicada para uma tentativa de homicídio. Isso: sem dúvida alguém tentara acabar com ele.

Pior do que os ferimentos, o calor, insuportável. Primeiro a camisa social e depois o paletó grudaram no seu corpo, empapados de suor.

A cegueira que normalmente vem da escuridão atingia seus olhos, tamanha claridade do sol. Nunca gostou de sol. Como num deserto, arrastou descompassados os pés, dentro de sapatos italianos, que, mesmo na poeira, mantinham o brilho que refletia os raios do astro-rei.

E ele, torrando ao sol abaixo da linha do Equador.

Com todo o sofrimento, queria parar de pensar. Só um pouco. Alguém dentro dele — como seria de fora? — dizia: nada disso! Pense, é isso que o mantém vivo. Ao menos até chegar a um local com água potável. Há água bebível na Baixada Fluminense?

O calor fez efeito. Na sua tonta caminhada, levantou voo ainda entre delírios com a professorinha de inglês. Voltava à imagem de Miss Earhat, trintona enxuta, cruzando lentamente as pernas por debaixo da mesa da sala de aulas, numa manobra visível que o levava para casa, mais objetivamente para o banheiro, em movimentos frenéticos, até chegar ao "come" — palavrinha que adorava pelos significados em inglês e português.

Sexo, gozo, dor, gelo, fogo, seu inconsciente era um liquidificador com a tampa quebrada jogando fragmentos do que escapava do seu cérebro, muito além do sentido físico da massa encefálica.

Acabou rindo sozinho. E alto. Só então chamou a atenção dos catadores. Um homem de terno e gravata, camisa manchada de sangue, às gargalhadas no lixão. Esse estado delirante é que lhe dava forças para chegar a um oásis. O que interessa é a cabeça funcionando, era seu mote.

Nada fica tão ruim que não possa piorar: do nada, chuva. Muita chuva. Gotas do tamanho de uma moeda de um real. Refugiou o telefone quase descarregado no bolso interno do paletó.

A roupa molhada de suor empapuçou de vez, os sapatos brilhantes foram literalmente para o brejo, vítimas da lama que surgiu logo aos primeiros gotejamentos.

O que mais faltava? Veio, vieram: fortes cólicas na região do intestino logo abaixo das estocadas sangrentas eram o alarme de que precisava achar rapidamente um banheiro. Necessidade urgente de ir ao banheiro é uma simpática metáfora que esconde a iminência de defecar, cagar-se todo. Apostou no poder da mente e contraiu de modo firme o esfíncter. Era só o que faltava! O músculo que controla a passagem para um dos nossos orifícios mais mal-afamados, domesticado com a vida em sociedade, não lhe faltou.

Trôpego, caminhou bem duzentos metros até avistar uma birosca perto de um ponto de ônibus.

Ao vendedor de camisa rasgada e olhar espantado com seu terno em péssimo estado, manchas de sangue e um fedor nauseante, pediu um copo d'água e ofereceu cinco reais para usar o celular dele para uma ligação. Quis poupar o seu, nas últimas.

— É do serviço de remoção? Ambulância? SAMU? Por favor, é urgente. Estou em... em... desculpe, como se chama o lugar aqui? Ah, sim, obrigado, então, vocês precisam mandar uma ambulância, qual o endereço aqui? Obrigado, pegou? Estou muito mal, bem machucado. Estou falando, mas acho que vou apagar a qualquer momento. Sério, é sério. Obrigado, rápido, por favor. Tome aqui o seu celular, obrigado.

Se fora vítima de ataque, quem esteve interessado na sua morte não poderia saber que estava vivo. Não iria assumir sua identidade ao ser atendido. Esconderia os documentos dentro da capa do celular, alegaria que fora assaltado, estava tonto, e daria apenas o prenome, balbuciado "Pe... dro".

Sem que ele mesmo notasse, o desejo de ser outro começava a germinar.

Depois de se aliviar numa privada fétida cercada de alambrados, sentou-se à mesa mais próxima do balcão, bebeu a água de um gole só, recostou a cabeça.

Como veio, a chuva partiu, trazendo de volta o sol em seu esplendor infernal. Resolveu encarar os raios, como prova de força, o brilho cintilante e cegante deu lugar a um súbito e apaziguante vácuo.

Eduarda Cristina, dois, duas em uma, um nome composto para uma só pessoa. Qual?

A revolta silenciosa, mais objetivamente contra os pais, começou tão logo criancinha, ao perceber que falavam com ela quando proferiam as duas palavras.

Ainda agora, chegando aos trinta e cinco, considerava que a origem da sua grande crise existencial, muito além da dos demais seres humanos, estava na indecisão de Francisco e Rosângela.

Primeira e única filha do casal, os dois não abriam mão de homenagear as respectivas avós maternas, ambas falecidas.

Por que não decidiram no cara ou coroa? Par ou ímpar? O que fosse, menos o acordo que a faria carregar um duplo fardo enquanto existisse. Não bastasse a duplicidade, detestava individualmente cada prenome.

No pacote, veio uma multiplicidade de apelidos igualmente detestáveis. Du. Duda. Dudinha. Cris. Crica. Tina. Tininha. Separados, juntos e misturados. Uma tragédia.

O pior é suportar o mal-estar quieta. Já que era irremediável, melhor não passar recibo. Nunca revelou o desgosto às suas muitas BFF, nem mesmo para o seu namorado mais duradouro, o Paulo — uma relação de quase um ano, ela terminou justamente para não completar aniversário.

Sorria, falsamente, quando diziam que parecia nome de princesa.

Chegou cogitar uma mudança, mas foi desiludida por um colega de academia de ginástica, jovem advogado especialista em Direito Civil: a não ser que seja uma coisa absurda, tipo filha da Baby Consuelo, você pode até acrescentar nome. Suprimir ou trocar, nunca.

É impossível chegar para o juiz e dizer "não gosto do meu nome". Haveria filas quilométricas em tudo que é comarca, explicou o rapaz, emendando um convite para um chope à noite, quando poderiam conversar mais a respeito. Era o terceiro ou quarto papo furado do moreno com musculação definida e cabelo corte vintage, repartido certinho na lateral. Eduarda Cristina achava o cara simpático, mas não era, digamos, seu padrão. Detestava tatuagem, ainda mais com o nome do Senhor. Também achava estranho o fato de ele não ter optado por usar um aparelho odontológico, deixando o canino esquisito trepado por cima do incisivo.

Ela odiava, "eu odeeeio", disparava para tudo que é lado, muita coisa além do nome e de tatuagens. Arrumou uma desculpa, concluiu o spinning, desceu até a secretaria e cancelou seu plano. Deixou para tomar banho em casa, para não correr o risco de imaginar, sob a ducha, aqueles dentes tortos arranhando sua língua.

Não podia mudar de nome, mas podia mudar de academia. Cara grudento, era só uma consulta sobre troca de nome. Será que achou que iriam transar depois como honorário?

Deu um nojo, jamais botaria os pés ali dentro de novo.

— Ah, Eduarda Cristina! — falou alto, assustando o manobrista.

Talvez fosse isto, o nome duplo, que a tornava tão inconstante e volúvel, divagou, enquanto botava o recibo num dos bolsos da mochila.

Droga de vida.

Bem, a vida dela estava longe de ser uma droga. Uma moça bonita, desejada, inteligente, sadia, filha única de "bela" família — só ruim de escolher nome —, bom emprego, apartamento próprio. Não tinha do que reclamar. Sim, além da implicância com o nome, a maldita TPM.

Ao rodar a chave na ignição do carro, com o ronco do motor sacou que estava entrando no período da tensão pré-menstrual. Foi só dar a primeira acelerada para a cólica subir por suas entranhas, como se fosse rachar-lhe o quadril. Eduarda Cristina era provavelmente a única mulher do mundo que tinha cólica antes, durante e depois da menstruação. As dores espasmódicas não eram espasmódicas, só variavam de intensidade, de acordo com as doses de Ibuprofeno e vinho, preferencialmente misturados e em volume industrial.

Mesmo com todo sofrimento, ela repetia para si mesma a cada pontada: mil vezes que nascesse, se pudesse escolher sempre, seria mulher. A mulherada fica com medo da menopausa, o carimbo da decadência é o desgraçado do climatério.

Eduarda Cristina era uma estudiosa, catedrática, com carimbo, dessa longa e prematura (ainda mais com a longevidade e a capacidade de manter o físico em forma, como ela) etapa da vida feminina. Lia e mais lia o dr. Drauzio Varella, o Stephen King da moderna medicina brasileira.

Ela se espantava, nas conversas, com a quantidade de mulheres que nunca ouviram falar de tamanho desastre natural inexorável.

Para a natureza, a gente finge que não vê mas ela não tira o olho da gente; igual a outros seres vivos, vegetal ou animal, a missão da fêmea é procriar. Ter filho, ter filhote. Desde o momento em que a natureza saca que a fábrica vai encerrar a produção, ela perde o interesse na criatura. Mais perversa, passa a maltratar.

O organismo percebe que a linha de produção está ficando sem estoque de matéria-prima.

Menopausa, diferentemente, tem data certa: a da última menstruação na vida. E o desgraçado do climatério continua minando o organismo, mesmo depois da menopausa, olha que merda! Não há empoderamento que salve.

A natureza é injusta. O homem espalha milhões de espermatozoides a cada ejaculação e a mulher investe tanta energia num único óvulo que preste por mês.

A mulher nasce com a conta certa de ovos, uma boa, mas limitada, quantidade. A partir da primeira menstruação, só vai perdendo. E o que ainda sobra, vai envelhecendo. Vai caindo para milhares, centenas, babau. E os homens sempre reabastecendo o tanque e com produto renovado. Muito injusto.

E os óvulos são os principais formadores dos hormônios sexuais que tornam as mulheres maravilhosas, gostosas, tesudas, para os machos e para elas mesmas. Com a falência desses hormônios, vem a lista dos horrores — Eduarda Cristina exercia certa morbidez ao assustar as amigas:

Ondas de calor.

Fogacho, aquele calor que sobe e desce.

Suores noturnos.

Distúrbios do sono.

Menstruação irregular.

Depressão.

Ansiedade.

Alteração de humor.

Secura vaginal.

Redução da libido.

Memória fraca e dificuldade de concentração.

Dores nas articulações.

Pele seca.

Queda de cabelo e unhas fracas.

Ganho de peso e cansaço.

Dor na mama.

Dor de cabeça.

Palpitações.

Infecção urinária.

Surgimento de pelos faciais.

Ossos fracos.

Desequilíbrio e tonturas.

Só que, dessa vez, quando Eduarda Cristina foi passando mentalmente essa execrável lista, foi se tocando, se apalpando, se examinando no espelho retrovisor, marcando um X imaginário no quadradinho de cada sintoma. Com um exagero histérico, entrou numas de que estava quase gabaritando e acelerou o carro para bater, em alta velocidade, de frente com seu climatério. Quase foi mesmo na direção de um cemitério: distraída, atordoada com a decrepitude fantasiosa, por pouco não colidiu foi com um caminhão porta-caçamba que virou bruscamente para a direita, seguindo a boa norma do trânsito carioca de não se usar setinha. O trânsito do Rio era um climatério urbano. Deletério esse clima de climatério geral.

"Meu corpo me pertence. Meu corpo me pertence", a frase que sempre repetia, fazendo coro com as colegas feministas — Eduarda Cristina era uma no limite da histeria que descamba da luta pela igualdade para uma psicótica defesa da superioridade das mulheres sobre os homens — passava a ter uma leitura apenas ideológica, a ser preservada e proclamada. Na vida real, concluía, seu corpo pertencia ao tempo. E, mesmo repetindo em ladainha a linda oração do Caetano, com este, o tempo, não há acordo além de se sujeitar de forma submissa, fica mais leve, ao seu implacável peso.

Ficou com mais ódio do advogadozinho-cagador-de--regras, como se ele, coitado, tivesse disparado suas próprias regras.

Chegou à sua casa sem prestar atenção no trajeto, dirigindo avoada, por uns cinco quilômetros até frear, bruscamente, na sua vaga da garagem úmida e cheirando a mofo e descarga de carro no subsolo do seu prédio.

— Será que avancei algum sinal fechado...? Atropelei alguém?!? — balbuciou.

Eduarda Cristina normalmente falava alto consigo mesma, sem pudor algum.

Dane-se o advogado, o nome duplo, a futura multa, o atropelado, a academia! A cólica, não.

Entrou em casa, às pressas, direto para o banheiro, vasculhando a gaveta do armário, evitando se olhar no espelho, atrás do poderoso analgésico que, nessas horas, tomava em doses cavalares, muito além do prescrito pelo ginecologista. Iria trocar também de ginecologista. Seria o quinto desde que ficou menstruada pela primeira vez, aos treze anos.

Estava decidida a experimentar uma médica mulher. Sabia da lenda de que profissionais mulheres costumam ser mais rudes do que os homens. Mas, poxa, não estava atrás de carinho e sim de alguém que já tivesse sentido na pele, ou melhor, por dentro, o que são essas dores dilacerantes.

E o aviso insistente de recado no celular não parava. Certamente era a editora, com mais um material para revisão e preparação de texto. Ela não entendia por que dona Carmem só dizia "in box" e não usava a expressão correio eletrônico. Como defensora do idioma português, ela se recusava a falar "e-mail". Sua tese, sem xenofobia, era apenas a de que, se há um similar nacional, por que adotar estrangeirismo?

Eduarda Cristina era formada e tinha mestrado em Letras, com desempenho brilhante.

Montara uma empresa pela qual prestava serviços de redação, preparação e revisão de textos, tradução em inglês, francês e espanhol.

Havia muita demanda, ficava tentada pelos valores oferecidos, mas se recusava a fazer dissertações e teses. Achava feio.

Trabalhava sozinha, no escritório do apartamento onde morava, e vivia muito bem. Algumas vezes passava pela editora que era sua melhor cliente. Profissional muito conceituada no mercado, seus preços estavam bem acima da tabela. Era muito requisitada e faturava muito bem.

Mantinha uma coluna numa revista eletrônica de literatura. Usava um pseudônimo — Fabiana Winter, mais um nome — só para poder criticar livros cuja revisão passava por ela. Achava isso delicioso. Só o editor, um amigo de infância, conhecia sua real identidade. Muito bom ter duas identidades, ainda mais porque não era para magoar ninguém. Só um pouquinho.

Abriu a caixa de entrada e lá estava, em 377.290 caracteres, 66.926 palavras, 8.894 linhas. *Das estrelas que esquecemos de contar*. PQP! Isso daria umas trezentas e poucas páginas. Que mania de escrever muito. Escritor, ainda mais estreante, deveria se perguntar antes se existe leitor querendo ler muito, com tantos clássicos disponíveis. Primeiro livro é como se fosse uma postulação. Mamãe, posso ir? Não precisava ser conto, que aí é o contrário, ninguém lê mesmo. Um romance tamanho degustação. Se emplacar, tudo bem, pode vir depois com um calhamaço. Se não tiver o depois, esqueça. Fazer um livro não transforma ninguém em escritor. Iria cobrar taxa de urgência.

Usava Winter como crítica porque gostava da estação, não caberia tradução. Nesse caso, a grafia em inglês era pertinente e sonora.

Se pudesse escolher, seu nome seria Fabiana.

Ele acordou num quarto que parecia ser o de um pronto-socorro público, um leito ao lado do outro, soro na veia e sem dor, que alívio. O que o afligia muito era não ter a mínima noção do que havia acontecido, como fora parar numa situação dessas. Lembrava de estar saindo de um exame num prédio no Centro, tocar o botão do elevador e acordar fodido numa caçamba na puta que o pariu. Com certeza, não tinha ido para o exame de terno e gravata. Muito estranho.

— Poderia me explicar, doutor?

— É a APT, amnésia pós-traumática, um estado de confusão que costuma ocorrer imediatamente após um traumatismo crânio-encefálico, ou TCE. A pessoa ferida fica incapaz de se lembrar de eventos posteriores à lesão. Às vezes se recupera com o tempo, terapia pode ajudar. Os cortes na cabeça eram mais escoriações superficiais, não houve fratura, nada grave. Ainda é cedo, mas parece que o cérebro não foi atingido, está com bons reflexos. A cicatriz vai sumir quando o cabelo crescer, tivemos que raspar um pouco. A boa notícia, digamos, é sobre os seus ferimentos no abdome. Foram várias perfurações, mas que, por milagre, atingiram somente a sua vesícula, por pouco chegariam ao fígado. Tiramos, é um órgão sem muita serventia.

Puta merda! E não é que o destino da vesícula estava selado? A consulta médica antes da qual ele havia assistido ao filme do homem congelado fora exatamente para decidir se operava. A conclusão foi que os pólipos eram benignos, só acompanhar. Não era mesmo para continuar vivendo com ela. Melhor continuar sem ela, vivendo. Nem uma despedida, só conhecera por fotografia. Quantos serviços prestados. Havia uma química.

Somente quando o jovem médico, barba por fazer, grandes olheiras de noites viradas, afastou-se é que Pedro reparou que no outro lado do quarto havia mais um leito, com um paciente algemado pelo pulso esquerdo num tubo de ferro do espaldar da cama de hospital. Parecia dormir. Que nada. Abriu os olhos. Quando o médico virava para o seu lado, fechava os olhos. O doutor se voltou para Pedro:

— Se fosse no fígado, por pouco você não teria sobrevivido. Na vesícula o estrago foi grande, o protocolo recomenda a extração. Para a sua sorte, temos um dos poucos aparelhos de videolaparoscopia do estado, foi tranquilo. Sorte mesmo. Se tivesse infeccionado, a gente teria que te abrir. Já volto. Se precisar de alguma coisa, é só apertar o botão vermelho na ponta do fio. Se tudo correr bem, te dou alta amanhã cedo. Melhor à noite. Eu não, meu colega, porque amanhã estou no consultório particular. Quer ligar pra alguém? Está com o celular, as suas coisas estão ali. É mais seguro, não temos onde guardar. Fique de olho. Melhoras. Ah! Você já deve ter percebido que foi vítima de um ataque, pra mim não interessa, mas depois o PM do plantão vem falar contigo.

Foi só o médico se afastar novamente para o vizinho se manifestar:

— E aí, doutor, pegaram o senhor...

— Eu não sou doutor.

— É a maneira da gente se comunicar com um superior.

— Eu não sou seu superior.

— Deixa disso, doutor, Vossa Excelência sabe que eu ocupo um lugar abaixo do seu nível na sociedade. É só ver os dentes. Saquei esse lance num programa de televisão desses canais que ficam mostrando bichos e natureza. Botam muito em sala de espera de clínica. Precisamos proteger a natureza, não é mesmo? Essa porra da camada de ozônio é foda. Cadeia alimentar, o senhor come coisas que eu nunca vou provar. Não fique incomodado. O senhor estudou, eu não estudei, deu nisso — apontou com uma das mãos as algemas — e nisso — mostrou o enorme curativo na barriga.

— Conheço muita gente que estudou muito e está fodida. Essa regra não vale no nosso país. Como conseguiu arrumar isso e isso? — Apontou, primeiro, para as algemas e, depois, para o enorme curativo na barriga do vizinho.

— A ordem é ao contrário. Eu não parei quando gritaram, meteram bala. Deu na cirurgia. Quando acordei estava acorrentado, feito papagaio no poleiro.

— Alguma coisa você fez pra te mandarem parar.

— Já vi que o doutor é gente fina, não vou enrolar. Sabe o lixão que tem aqui por perto?

— Não conheço bem a região, mas já andei frequentando rapidamente.

— Cuméquié?

— Deixa pra lá: o lixão, sei.

— Então, atrás daquele morrinho tem uma puta favela, Morro do Himalaia…

— Só falta me dizer que tem neve lá.

— Deixa de sacanagem, chefia. Neve em morro no Rio a gente separa com gilete e serve de canudinho. — Risos.

— O que tem no seu Himalaia? Eu conheço bem o Eiger… — Não resistiu, numa *private joke* consigo mesmo, que não despertou a menor curiosidade alheia.

— Aliás, não faço ideia de onde estou, só que…

— Do outro lado do túnel, não é como vocês dizem? Comemore, outro lado do túnel poderia ser a viagem que não tem volta. Vou te dar uma moral, gostei da sua pessoa. No geral, é o famoso Complexo do Chapadão. Chapadão como a sua pessoa se encontra… É grande pra caralho. Vários bairros, este posto médico está mais entre Pavuna e Anchieta. Uma porrada de comunidades. Olha que lindeza de nomes: Final Feliz, Gogó da Ema, Parque Esperança, Torres, Planalto, Cova da Onça, Linha, Sem Terra, Job, Cavalheiro, Tiradentes… que mais, Xica, Santa Edwiges. Chega? E o Himalaia, onde eu tenho a honra de prestar os meus serviços pro Piolho.

— Piolho?

— É o chefe do tráfico na área. Gente fina, um benfeitor da comunidade. Por ele, eu morro. Aliás, quase morri, não está vendo?

— Explique-se melhor.

— Pois é, caí numa cilada. Alguém me entregou e me cercaram na saída da padaria. Passo sempre, sou viciado em café com leite. Não fumo, bebo muito pouco, tóxico nem pensar. Acho que eram uns três caras, paisanos, nem sei se PMs ou civis. Foram se aproximando, eu, mãos para cima, desarmado, aí um gritou "Cadê o Piolho?", morro mas não entrego ele. Amigo dos amigos. Corri e bati com as mãos na mureta pra pular no valão, foda-se, já caí baleado. Pelas costas. Desarmado.

— Mas, pelo visto, não foi grave.

— Graças a Deus! A bala era de calibre baixo ou munição velha. Atravessou pelas costas, saiu pela frente, mas só fodeu com a vesícula. Tiraram. Segundo o doutor, o doutor médico...

— ... não faz falta, estou sabendo. Também arrancaram a minha.

— Tiro? Assalto? O que um cara gente fina dessas veio fazer por essas bandas?

— Como é mesmo o seu nome?

— Jefferson Targino, Targino, seu criado.

— Targino, vamos deixar pra lá o que aconteceu comigo, não me leve a mal. A partir de hoje, temos uma ligação fisiológica...

— Que porra é essa, compadre, não é papo gay...

— Não jogo nesse time, Targino. Olha só, as nossas vesículas deverão ser incineradas na mesma fornada dos restos, pedaços, das pessoas que são operadas neste hospital.

— Que mané incinerar, chefia. Serão comidas pelo mesmo urubu lá do lixão.

— Não é possível. O certo é incinerar, aqui é uma clínica pública.

— Com o preço do gás hoje? Neguinho está cansado de achar pedaço de corpo por lá. Nem é desova, presunto inteiro. E fatia. Só pode vir daqui.

— Bom, de qualquer maneira, como se diz, viramos parceiros dessa aventura hospitalar. O que acontece com você agora?

— Bom, se não rolar uma infecção e eu me foder, estou fodido de vez. Quando tiver alta, vou em cana, tenho antecedentes, vou mofar. Torcendo pra puxar cadeia com os companheiros da facção. Sabe qual é a minha facção, com muito orgulho?

— Não me leve a mal, prefiro não saber.

— Se caio na ala errada, vou pra vala. Mesmo com os colegas, tenho que torcer pro Piolho acreditar que não vou entregar ele. Não vou mesmo. Então, vou apanhar pra caralho. Fazer o quê, quando se entra nessa vida a gente sabe dos riscos. Não me arrependo, até hoje vivi bem pra caralho, boas roupas, mulheres da melhor qualidade, carrão, bebida importada, bebo pouco, já disse? Nunca usei tóxico, já falei, num é? É babaquice. Não se deve consumir o que se vende. E faz um puta mal pra saúde. É a vantagem de não ter família. Aqui se faz, aqui se paga, que o Senhor apenas alivie o meu fardo. E o senhor?

— Seguinte, Targino, eu não sou o Senhor, mas vou aliviar o seu fardo.

A haste do suporte de soro era frágil. Só que a base era de ferro fundido e com pés em gancho para receber os rodízios. Sem a rodinha, fácil de soltar, um dos pés coube direitinho no espaço dentro da algema presa no tubo do espaldar da cama. "Dê-me uma alavanca e um ponto de apoio e levantarei o mundo." A máxima do dr. Arquimedes funcionou. A algema não se quebrou, mas foi logo a grade que arrebentou como manteiga. E sem barulho. Ele pensava muito, pensou. E pensou qual sentido fazia o gesto de soltar um criminoso. Estava feito.

As roupas de Pedro estavam na cadeira ao lado com a carteira e o celular, a bateria em estado periclitante.

— Targino, só uma coisa: vou sair na frente. Dá um tempo e se vira — disse enquanto acabava de se vestir, imundo e impregnado com fedor de hospital.

— Aí, irmão: fica com isso. No que precisar, pode me ligar que, se eu puder ou não puder, resolvo. Meio que devo a minha vida a você e não ao outro doutor, que só fez mesmo me tirar um tasco. — Era um papel rasgado e manchado de sangue e os números de um telefone celular.

Não havia policial por perto, como Pedro esperava. Mesmo sujo, ninguém barra um cidadão de terno e gravata num hospital. Ainda mais quando ele marcha firme olhando para a frente e arrumando o nó da gravata.

Rapidamente estava na calçada, movimentada no entra e sai em busca de se continuar vivo, castigado de novo pelo nada misericordioso sol da Pavuna, ou de Anchieta, não fazia diferença nem interessava, despejava seus raios do lado de cá da Terra, cumprindo burocraticamente o movimento de rotação e ofuscando outra vez seus olhos.

A pouquíssima bateria que sobrara no telefone foi suficiente para chamar o Uber. Agora era só explicar para o motorista onde ficava Ipanema.

Ao abrir o elevador, Pedro se deparou, chocado, com a porta do seu apartamento lacrada com fitas adesivas em amarelo e preto da polícia. O coração disparou. A cagada que o jogou numa caçamba no Chapadão veio dar em Ipanema. O chaveiro estava debaixo de uma pedra no vaso de crótons murchos do corredor. Precisavam de poda. Normalmente escondem a chave na bandeja do vaso. Ali, sob a pedra, não acharam. Se é que procuraram. Polícia abre porta com aqueles arames que metem na fechadura. Quando não arrombam. Parecia intacta. O coração na boca. O certo seria na garganta, era ali que sentia a pulsação mais forte.

Nem precisou rasgar o lacre. A fita parecia estar lá havia algum tempo, ressecada, perdera a adesividade e cedera gentilmente no ritmo da abertura da porta.

O entrave foi a grande quantidade de jornais e correspondências que haviam sido colocadas por debaixo da porta, até se transformarem numa maldita cunha. Forçar a entrada seria pior, poderia travar de vez. Havia meses planejava transformar a assinatura em digital, chega de papel, já se acostumara a ler as notícias no iPhone, sentado na privada. Melhor, no iPad: uma vez o celular quase caiu no vaso, optou por um device maior, já pensou resgatar o celular no meio sabe-se do quê?

A tática foi ir e vir, com a porta, em pequenos avanços e recuos. Sua cabeça parecia um liquidificador, com informações, dados e conhecimento flutuando de forma histérica, sinapses se esbarrando, em curto circuito, só não pescando nada do buraco negro entre a clínica e a caçamba. Conseguiu se esgueirar pela fresta conquistada com esforço e paciência, atributo que sempre repudiou e que passou a valorizar a partir daquele momento. Normalmente, meteria uma pezada para arrombar a porta e entrar no que era seu. O lacre policial sinalizava um "melhor não".

O bafo de coisa fedida teve um efeito devastador. Tapou as narinas com a aba do paletó. Plantas mortas. Guimbas de cigarro pelo chão. Ele não fumava. Ar parado fede. Luz não havia, ar-condicionado, nunca. Correu para a cozinha, na busca de ar circulante da janela virada para o espelho da área de serviço. Estava pesado, entretanto, diante do futum da sala, parecia de montanha da Suíça.

Água, precisava de água. A merda do filtro elétrico, sua besta, não estava funcionando. Se fosse o bom e saboroso filtro de barro, era só virar a torneira para se saciar com água doce e fresquinha.

Tudo sem energia. Ou os policiais cortaram ou ele não pagava a conta havia algum tempo. Parece que desligam em quarenta e oito horas.

Nem teve tempo para se arrepender da ideia de recorrer à geladeira. Burro: sem eletricidade a geladeira era um vulcão de podridão, à base de leite azedado. O bater de porta foi simultâneo à primeira golfada. O jato escuro de vômito, o vômito era estranhamente escuro, seria da cirurgia? Uma hemorragia? Avançando feito lava na direção da sua boca de saída estancou no chão e virou uma poça nojenta no piso de cerâmica branquinha da cozinha. Outro. E mais outro, agora era o estômago que saía pela boca. Foi sobre a imundice sebosa que ele mesmo produzira que se estatelou, sem nem tentar se amparar com as mãos, não conseguiria mesmo, bateu dolorosamente com a têmpora no chão. Quebrou-se todo, foi seu último pensamento — mas nem tanto, ossos fortes — antes de desmaiar, sem deixar de apreciar o agradável contraste do vômito quente ultrapassado pelo seu rosto até a cerâmica fria.

Quem, quando, por quê?

Acordou tremendo de frio. A porcaria líquida se transformara em sólida. Como uma cola bizarra, o material que fora expelido do seu estômago pela sua boca era uma malcheirosa cola plástica que pateticamente colava sua face ao chão. Ou ridiculamente.

Sentiu que, se fizesse um movimento brusco, a gosma seca poderia até arrancar a pele do rosto. Ter a cara em carne viva, nessa situação infecta, era tudo que não queria agora. A solução, igualmente patética ou ridícula, foi rodar, ainda deitado, sobre o próprio eixo. Como no trecho estonteante de "Make 'em laugh" com Donald O'Connor, só que em patética câmera lenta.

Solto de si mesmo, voou para fechar a porta, já refugiado na sala. A imundice resolveria depois, precisava de um banho quente, ainda que não fosse seu hábito, para tirar sujeira, que lhe parecia entranhada até os ossos.

Que água quente! O aquecedor a gás era movido a eletricidade, duas formas de energia já inconstantes nesta cidade, o apartamento era a embalagem do seu vazio.

Foi frio mesmo, bem frio. Melhor assim. Uma ducha renovadora, incapaz, no entanto, de levar um desejado torpor ao cérebro em erupção. Pelo apalpar, não quebrou nenhum osso da face, a batida no chão da cozinha deixou somente um hematoma azulado. Curaria com gelo. Gelo não havia. Com o tempo passa. Tudo passa. Menos o tempo, apenas no sentido figurado. Na real, passa a jato.

Enrolado na toalha, o exame da correspondência. Hoje, quem manda carta é prestador de serviço, na maioria público. Contas, todas atrasadas, vencidas, daí a falta de luz e a água saindo sem a pressão de costume. Os jatos entremeados por pressão de ar eram prenúncio de que logo ficaria a seco.

Dos jornais, apenas as manchetes. Suficientes para concluir que o Rio, o estado do Rio, o Brasil, a América do Sul, o mundo ocidental, o planeta e o Universo, como se fosse possível, pioraram muito na sua ausência, não por isso, quanto tempo afinal? Sem a menor perspectiva de melhora. Ao contrário.

Foda-se o mundo. Ele sumira do mundo por algum tempo, e o mundo se lixara para a sua ausência. OK, a secretária eletrônica do iPhone, com recarga chupada da tomada do corredor de serviço, estava entupida de bem-vindoàsuacaixapostalvocêtemumnovorecado sem recado ou identificação de chamador, a questão é que não havia mesmo muita gente a dar falta dele.

Quem sentiria sua falta neste mundo? Poucos funcionários da empresa que herdara — ainda assim, não tinha a mínima intimidade com eles — possuíam seu número. Sua família acabava com João Pedro. Já não tinha mãe nem pai, ambos igualmente sem parentes vivos, do irmão não recebia notícias desde que o desequilibrado sumira de casa havia mais de uma década.

Quem? Suas poucas ex-namoradas viraram "ex" em condições que efetivamente recomendavam desinteresse, descaso e até legítimo despeito. Repúdio. Uma moça fina descreveu seu comportamento como "escroto". Se ela usou a palavra era porque seu comportamento era mesmo escroto. OK, no campo sentimental, amoroso, essas coisas, era de fato um escroto. Seu atenuante, sempre se justificava para si mesmo, era que ainda não havia descoberto uma mulher que disparasse aquele clique. Não apenas num orgasmo demolidor, daqueles que se esvaem prazerosamente num bate e volta, em diversos espaços de tempo, quanto mais longo melhor, mas que esse gozo sinalizasse para uma convivência a dois. Até agora, as mulheres cruzavam sua vida e ele transava com elas dentro da mais legítima necessidade fisiológica.

O rolo é que, mesmo aquelas que pareciam ter assinado contrato formal por sexo casual, quando a coisa funcionava, não tinha jeito: prevalecia a tendência gregária que impulsiona as fêmeas, em quase todas as espécies da natureza. Nem se incomodava com o discurso feminista, porque ele mesmo era o primeiro a saber que, com as mulheres, era assumidamente leviano. Só não se sentia culpado, embora ficasse mesmo um pouco mexido com o sofrimento das outras, por saber que não era um ponto fora da curva. Homem é assim. Mulher é assim. A palavra para defini-lo que mais ouvia nas despedidas era "babaca". Contraditoriamente, a parte das mais desejáveis da mulher, a origem do mundo, era usada para definir uma atitude ridícula. Até para esculachar, o homem se apropria do órgão sexual feminino de forma pejorativa. Homem é mesmo babaca.

"Morreu para mim" era frase recorrente que ouvia nos adeuses em vida. Em que outras condições ouviria isso? Não era religioso convicto. Repetia para si mesmo até o ponto em que flertava com o arrependimento. Sua própria condição de abandonado do mundo, por ter abandonado o mundo, vinha logo reforçar sua enorme descrença. Que chance! Seguir os conselhos, ou pragas, e morrer para Fulana, Beltrana, Sicrana e outras nem sempre sufixo "ana", morrer geral e continuar vivo...

Seu apagão existencial serviu apenas para reforçar a categoria em que se inseriu na espécie humana. Eis um autêntico misantropo. Não fora abandonado pela humanidade; muitos anos antes disso, ele abandonou a humanidade. A confirmação traumática de que ninguém precisava dele trazia consigo a satisfação de não precisar de ninguém.

Pois é, precisava mesmo procurar um neurologista. Já tinha o lance do esquecimento de um período da sua vida, aproveitaria para fazer uma revisão geral. Algo não estava batendo bem de vez. Ou psiquiatra? Não. Parecia ser mais problema no hardware do que no software.

Avançou na garrafa de uísque, no gargalo mesmo, virou até sentir os efeitos do álcool se espalhando do estômago pelo sistema circulatório até desbotar seus pensamentos, do esmaecimento suave até o sono incontrolável. O álcool faria um estrago maior, nas entranhas e nos cromossomos, não!, como se chama, aquelas coisinhas do cérebro, ah, sim, neurônios, neurótico deve ter alguma relação com eles, diante da perda da estimada vesícula, vítima sabe-se lá do quê, não adianta chorar sobre o órgão extirpado, melhor mamar malte destilado.

Ainda pensou na mãe, há tanto tempo falecida, antes de, enrolado da cintura para baixo na toalha úmida, no breu do apartamento abafado, dormir como um bebê — desde quando bebês dormem bem? — no empoeirado sofá da sala, usando como travesseiro uma pilha de exemplares do livro *O lobo da estepe*. Mantinha um estoque para presentear as moças que, pouco tempo depois, assinariam no seu laudo legista "morreu para mim". Nisso era honesto, embora a intenção fosse despertar interesse além do literário. Pedro considerava esse texto de Herman Hesse um divisor de águas na sua vida existencial e mantinha o velho exemplar que lera ainda adolescente — como se nesse período já houvesse água para dividir — e que levava consigo para a cabeceira de onde estivesse morando.

Como acontece na maioria das vezes em que se dorme (que saída, ainda bem), ele acordou. Umas oito horas depois, com direito a uma jamais vista baba escorrendo no canto da boca. Limpou na almofada, cujo destino apontava mais para o lixo do que para a lavanderia.

Esse despertar foi avassalador, porque veio no sobressalto de uma conclusão dramática: durante um bom período de tempo, estimava pelos jornais velhos uns seis meses, quase uma gestação, estivera fora. Tanto do mundão quanto do seu mundinho. A gente sabe que é assim, mas como nunca tivera uma experiência pós-morte, nem se reconhecia como encarnação, o "ele real" não fazia falta alguma a ninguém e a nada.

Em compensação, que maravilha! Algo que todos fingem não perceber: se ele era descartável, poderia igualmente descartar.

A baba como líquido amniótico, a toalha molhada como placenta, eis que se sentiu como que num parto de si mesmo, só que já bem grandinho.

Iria começar vida nova. Radical: nova identidade, novo nome, novo corte de cabelo, talvez tingir, deixar a barba crescer.

Um sentimento libertário embebido em ressentimento, seu novo EU seria desgarrado profissional, até então sua repulsa por outros seres humanos era amadora. Um perverso assumido, sociopata, embora racional, planejaria tudo para não haver erro, mesmo sabendo que a Lei de Murphy é implacável.

Ter prazer com seus próprios e mais profundos desejos, aqueles que incomodam o que se chama sociedade civilizada, como se uma sociedade pudesse ter alguma convivência pacífica com civilidade. Nada do seu desejo é meu maior prazer. Só é prazer se é MEU. O que sobra são sobras de benevolência, na maioria das vezes, estratégia, armadilhas em busca de prazer próprio ainda maior. O império do EU iria se instalar. Dá-lhe, EGO!

Resumindo, seria um pusilânime… Isso, sim!

O que fazer?

Boa! Escreveria um livro com nome falso. Um suposto pseudônimo. Fabricaria um sucesso comercial à base do dinheiro. Com grana, tudo vira um sucesso. Sua ligação com a gráfica criara grande implicância com o mercado editorial. Considerava como uma boa sacaneada geral. Pseudônimo que nada, iria radicalizar e arrumar uma nova identidade. E sabia como.

— Alô — voz mal-humorada. — Quem é? — com mais irritação.

— Bom dia, Targino, aqui é o cara que te ajudou a escapar do hospital...

— Vossa Excelência! Achei que nunca mais teria notícias. Estava chateado porque, pela minha Bíblia, a pessoa tem que retribuir favor. E que favor. Estou livre graças à sua santidade. Até o Piolho quer te conhecer.

— Cara, juro que não esperava retribuição, mas estou com um problema que acho que você pode me ajudar ou me indicar alguém.

— Pode considerar resolvido. Mas não é bom falar por telefone. Não sei seu nome, nem aparece o discador aqui, com certeza estou grampeado. Os caras rastreiam, não vamos dar mole, me liga de novo em cinco minutos. Se atenderem antes do décimo sinal, esquece que fechou o tempo.

Cinco minutos depois e no décimo primeiro toque:

— Alô?

— Pronto, já transferi pra outro aparelho. Seguinte: Vigário Geral. Você passa a entrada, pela rua ao lado do mangue, vem devagar, no cruzamento grande tem um posto de gasolina. Para. Pisca o farol quatro vezes. Duas curtas e duas longas. Alguém vai te pegar. Vamos almoçar. Tranquilo. Até amanhã.

Targino desligou sem nem esperar a confirmação. Também, agendar para ele não era mais problema. O negócio era arrumar um táxi para levar até lá. A vantagem do Uber é que os motoristas não sabem onde fica nada na cidade. Em compensação vão para qualquer lugar, e os aplicativos de mapas têm uma certa tendência de encaminhar para áreas de perigo extremo.

Cumprido o ritual, uma moto chega com um rapaz na garupa. Salta e abre a porta do carona, se instala no banco e, sem falar com o motorista, como se não existisse ou fosse invisível, vai lhe dando ordens e só agora ele se dá conta de onde se meteu.

— Deixa o farol ligado. Primeira à direita. Agora, esquerda. Esquerda de novo. De novo. Direita agora até o fim da rua. Pode desligar. — E, dirigindo-se ao motorista: — Você fica quieto, sentado aqui até ele voltar. Se precisar mijar, buzina curto que a gente te orienta. — E para ele: — O senhor vem comigo.

— Chegamos?

— Não, aqui é o Centro Cultural Waly Salomão. Daqui é a pé.

A saudação de Targino foi com autêntica gratidão e reverência:

— Meu ilustre benfeitor, seja bem-vindo ao Centro Gastronômico da Tia Chupetinha.

O amigo marginal contou, apontando para uma simpática senhora negra com a barriga no fogão no fim do salão, que Chupetinha era considerada a grande chefe da CCCC, não, não era sigla de facção, e sim Comida Caseira Carioca de Combate, uma combinação do que melhor sai das panelas dos subúrbios cariocas e do interior do estado, ainda com influência de sabores de Minas, do Nordeste e da África. Lamentou que, pena, ela andava doentinha e ameaçava abandonar a cozinha. Segundo Targino, muita gente fina, artistas famosos, eram frequentadores do estabelecimento.

— Enfim, vais comer a melhor carne assada com batata corada do planeta, ilustre desconhecido! Cervejinha?

— Eu acho que não devo ficar fazendo pergunta, mas aqui é Vigário Geral. O que isso tem a ver com o Chapadão?

— Ah! Eu circulo numa boa. E isso depende da época. Aqui já é meio que Parada de Lucas. Lucas e Vigário já se pegaram feio, mas agora está tudo na paz. Qual é a parada?

Nova identidade, conseguiria descolar? Para adiantar Pedro trouxe suas fotos novas, com sua nova barba, novo penteado à máquina, explicou que detonara as impressões digitais, dissolvidas com gotinhas de cola epóxi.

— Tranquilo. Preciso de uma semana para que nosso despachante desengome a papelada.

— Fica em quanto?

— Que mané-fica-em-quanto? Esse tipo de serviço costuma ser caro pra dedéu. Mas pro meu irmão-branco-salvador, vai no amor e ainda fica com crédito.

Era só aparecer uma semana depois no mesmo local, o posto, as piscadelas e bola na caçapa. A comida estava mesmo um espetáculo. Targino não deixou que Pedro pagasse e a despedida foi com um abraço que achou apertado demais para o seu gosto.

A tensão não se justificou, até considerou engraçado achar dentro do carro o motorista todo mijado. Que, mesmo assim, topou, com uma graninha extra, voltar com ele noutro dia para pegar a encomenda. Nem precisou sair do carro, os documentos — carteira de identidade, com número de CPF e tudo, e de habilitação — foram entregues no posto pelo mesmo moleque da moto.

A partir desse momento, ele seria Pedro Machado Lomba Neto. Taí, gostou. Na hora, feliz, nem lhe ocorreu de dar uma pesquisada no nome. Isso iria lhe custar muito caro.

Voltando para casa, a pesquisa na internet trouxe um único Pedro Machado Lomba Neto, mais conhecido como Dom.

Pedro Machado Lomba Neto, mais glorificado na crônica policial como Pedro Dom, era filho de um ex-policial do famoso Esquadrão da Morte, um grupo de tiras que fazia justiça com as próprias mãos, objeto de denúncias de grupos pelos direitos humanos, incensadas pela imprensa, e discretamente adorado pelos comerciantes e pela sociedade em geral. Dom começou a consumir drogas aos nove anos, diz sua biografia oficial, estava morto aos vinte e quatro, quando era o terror da zona sul do Rio, onde nasceu e foi criado. Bonitão — no Brasil basta ser louro natural de cabelo liso para ascender a essa categoria —, sua especialidade era assalto em prédio de luxo. Sua primeira vítima, aliás, foi a própria mãe.

De ladrãozinho amador, fez curso de profissionalização num hospital penitenciário (seu advogado conseguiu vaga como dependente químico).

Dom criou fama de violento. Colocava granada sobre cabeça de criança para forçar as famílias a contar onde guardavam as joias e os dólares — ainda tem gente que guarda em casa. Quando é muito, inventa uma offshore; se for declarada, vira legal. Ou dava um banho de álcool na madame, ameaçando com fósforo já riscado. Só usava roupa de grife.

Suas fugas eram espetaculares, disparadas em garupa da moto. Foi morto pela polícia num prédio na Lagoa, não sem antes jogar uma das suas famosas granadas, ferindo um detetive e um policial que participavam da caçada. Para piorar, a mídia considerava Dom midiático. E ele fazia por merecer.

Alguns dos seus vídeos lideraram os *trending topics* no YouTube.

Narrando jogos de futebol de salão com sua participação a poucos metros de UPP.

Vídeos releases anunciando que iria invadir território e matar o oponente da vez. E pedindo cuidado com moradores inocentes, mulheres e crianças da comunidade, como chamam favela quando querem agradar.

Seus maiores hits: Ele com seu bando fazendo nado sincronizado, ostentando fuzis, na piscina da Vila Olímpica de Honório Gurgel, na zona norte do Rio. A sequência interminável do roubo de cento e noventa e três motos, cento e noventa e três motocicletas saindo, uma a uma, de dentro de um galpão do Departamento de Transportes Rodoviários do Rio.

Além de perigoso, era atrevido, o que aumenta em muito a gana da polícia, dificultando em muito até os conhecidos acertos em caso de prisão. Não tem grana que compense um bom policial humilhado várias vezes em seguida.

Não, não era o homônimo ideal. Passaria a assinar Pedro Machado. No telefonema de agradecimento, esperava que fosse o último entre os dois, Targino explicou que não dava muito para escolher. Só tinha disponível nome de defunto e que parente não ia empombar. Dom chegou a fazer umas transações com Piolho, tudo sob controle.

— Vossa Alteza merece mesmo virar um Dom.

Isso, usaria só Pedro Machado, não iria facilitar, dar margem para a imaginação dos outros, ainda mais no mundo da bandidagem. Embora fosse João Pedro — sua mãe queria João, seu pai queria Pedro, e por isso mesmo só o chamava dessa maneira —, era mais conhecido pelo último nome. Responderia com mais naturalidade a um chamado, sempre fora assim. Para o outro Pedro, ele.

Quando topou o sobrenome onde agora se escondia, nem lembrou do Bruxo do Cosme Velho. Logo o Machado de Assis, sua referência em literatura. Costumava repetir que, se algum brasileiro merecia o Nobel de literatura, era Machado de Assis. Mas também profetizava que, para a cultura do mundo civilizado, português é língua morta e um obstáculo intransponível.

O Machado adquirido era próprio do Facínora da Maré.

Complicado passar nome de um garotão do mal, feito Pica-Pau, da zona sul que já fora despachado, um dos criminosos que foram mais procurados pela polícia. Chancela de mais procurado, top 1 do Disque-Denúncia. O atenuante é que ninguém guarda nome próprio de marginal, só o nome de guerra, apelidos bem sacados. Dom.

Ligou outra vez para Targino, que, pacientemente, explicou de novo que não dava muito para escolher. Só tinha disponível nome de defunto e que parente nunca iria criar dificuldade. Observou ainda que muita gente não usa o nome por extenso.

Não era o ideal. Passaria a assinar Pedro Machado. No telefonema de agradecimento, esperava que fosse o último mesmo entre os dois, Targino disse que Dom chegou a fazer umas transações com Piolho, tudo sob controle.

— Vossa Alteza merece mesmo virar um Dom.

Usaria só Pedro Machado, tem de montão, pra que dar mole?

Pedro iria começar a nova vida de mentirinha, não afastava a preocupação de que passava por um distúrbio mental muito além do esquecimento. Seu maior temor era que, mais do que de nome, estivesse mudando de personalidade. Conhecia a história do ferroviário nos Estados Unidos: mil oitocentos e alguma coisa, houve um acidente e uma barra de ferro entrou pela bochecha do cara, saindo no topo do crânio. O coitado teve convulsões, desmaiou. Quando acordou, estava vendo, falando, tudo parecia normal. Foi muito complexo tirar o ferro, imagine a Medicina na época, mas ele sobreviveu à cirurgia e, para a surpresa de todos, voltou à vida cotidiana.

Só que, com o passar do tempo, sua personalidade foi mudando. Acabou virando outra pessoa dentro do mesmo corpo. Ele se lembrava do acidente, só que ficou uma pessoa muito agressiva, mas durou e só morreu uns vinte anos depois.

Lembrou-se do homem com a barra de ferro na cabeça, uma imagem que sempre o impressionou, justamente porque seus pensamentos estavam em curto-circuito. O que acalmava, imaginava Pedro, é que quem muda de personalidade não tem noção disso e, mesmo indo para uma aventura existencial, se considera senhor dos seus atos.

Apenas não se recordava de um breve período de tempo recente na sua vida, era a tal amnésia pós-traumática. E o médico que o atendeu mencionou uma contusão leve no crânio, mais para trás, tinha sangue colado, só passou um desinfetante, nem fez curativo. Vai ver que não foi tão leve assim. A contusão seria a causa da confusão, então?

O baque nas pedras da caçamba poderia ter provocado a tal da concussão. Uma pancada, perda transitória da consciência, e a pessoa fica desacordada por pouco tempo, resta um certo esquecimento.

O que era ou não era, tanto faz. Estava gostando do seu novo "eu", embora não soubesse direito nem quem agora era, nem como seria em nova era.

Ele encarava a vontade de mudar de procedimento na vida, escondido sob novo nome, como uma decisão lógica e sadia. Aproveitar a oportunidade, trazida por uma fatalidade que ignorava, mas deixara cicatrizes, de uma segunda chance para ser feliz. Divertir-se a partir de um acontecimento macabro.

Bastariam pequenos prazeres antes proibidos, pequenas maldades com quem merecesse e cruzasse seu caminho. Ou com quem ele resolvesse colocar na sua frente.

O plano todo, ainda iria desenhar.

Concluiu que, então, nem valia a pena procurar neurologista ou psiquiatra, um técnico de cabeça. Ainda mais agora com a troca de identidade. Como iria se apresentar para um especialista sendo quem não era ou correndo o risco de revelar sua decisão? Isso mesmo já seria razão para um diagnóstico mais complexo. E equivocado: pronto, sua personalidade não estava mudando. Ele resolvera fazer aquilo conscientemente, depois de um curtíssimo período de inconsciência pela retirada da vesícula e do apagão mnemônico.

O raciocínio a mil por hora e a galopante livre associação de ideias eram até divertidos. E nem estava atrapalhando o sono, sem álcool, ansiolítico ou mantra indiano ou hindu. Na verdade, até outra atitude que também poderia ser considerada estranha: ele, a vida toda com insônia, agora tomava a decisão de dormir e pouco depois estava apagado, sono profundo, sonhando em profusão, só situações bacanas, nem um só pesadelo — ao menos não se lembrava —, nem sobre quem o jogou na caçamba: reclamar disso?

Sem médicos ou psis, só alegria, sem censuras.

Se queria avançar, teria que apagar suas pegadas e juntar dinheiro, vendendo os poucos mas valiosos bens, a gráfica e seu belo apartamento em Ipanema, numa negociação heterodoxa.

Para se fazer algo legal, sem mutreta alguma, o profissional mais indicado é um bom advogado. Para perpetrar algo bem desonesto, recomenda-se um ótimo advogado.

— Escritório de advocacia Thomaz e Associados, boa tarde.

— Boa tarde, poderia falar com o dr. Thomaz?

— Quem gostaria?

— Por favor, diga a ele que é seu cliente favorito.

(*Für Elise*)

— Meu querido! Pensei que nunca mais ouviria falar de você! Favorito mesmo era o seu saudoso pai, santo homem, que falta faz. Você ficou com o crédito por herança afetiva.

— Dr. Thomaz, eu que fico feliz em ouvi-lo. Soube da operação, quatro safenas, não foi mesmo?

— E duas mamárias, hidráulica completa! Mas isso já tem algum tempo. Estou tinindo.

— Folgo em sabê-lo — gostava de falar com ele imitando o estilo rococó do seu "jurista predileto". Hábito que herdara do pai.

— Me permita mais uma vez agradecer pelos seus préstimos — usando vocabulário que julgou apropriado para um causídico.

— Imagine! O meu trabalho é justamente consertar aborrecimento.

— Dr. Thomaz, tive uma espécie de acidente, não vem ao caso, e fiquei desmemoriado. Quer dizer, um período da minha memória recente foi para o espaço. Pode ser que volte, mas nem faço muita questão. Do resto, lembro de tudo. Tanto assim que estou ligando pro senhor, que foi fundamental no inventário do papai e na sucessão do negócio. Aquele lance do irmão sumido deu mesmo uma trabalheira.

— Hmmm, então fechamos assim, o que passou, passou. Velas a bombordo! Só uma coisa, o seu irmão apareceu?

— Felizmente, não. Acho que já era. O senhor está bem mesmo? Estou achando meio ofegante.

— O dr. Barnard não me deu alta, mas, se eu ficar em casa, aí é que eu morro rapidinho. Você não me ligou pra saber da minha saúde. Vamos lá, desembuche que tempo é dinheiro. Meu e seu, meu jovem.

— Pois muito bem. O senhor ainda tem aquela procuração pra me representar, não? Está válida?

— Sim, posso me casar e divorciar por você sem importuná-lo.

— Então queria que vendesse o meu apartamento e a gráfica...

— *Carajo*! Aquela puta gráfica que o teu pai deixou? Que saudades tenho dele. Vou confessar. Deve ter sido o único cliente honesto que tenho, tive... Viramos amigos, você sabe. Deve valer os tubos. Não vai faltar interessado. Pirou? Vai viver do quê?

— Vou sair do país, cansei dessa porra. Aconteceu um troço esquisito comigo, não vem ao caso. Você já não me disse várias vezes que para um advogado, em alguns casos, quanto menos souber, melhor?

— Eu não tenho a menor abelhudice, meu caro. Só me preocupo se você vai ficar bem. Limpando a área geral. Que inveja! Deixe comigo e saiba, além de ser de confiança, falo com você e vejo o seu pai, que santo homem! Entre os meus muitos defeitos, Deus não me deu o pecado da curiosidade. Deveria ser pecado.

— Ainda preciso de um superfavor seu.

— Diga!

— Sei que você é amigo de um editor que era um dos maiores clientes do papai. Preciso que consiga a publicação de um livro que escrevi.

— Vai virar escritor!

— Nada disso, é só um projeto único.

— É uma editora séria, das mais conceituadas...

— Duvido que resista se eu bancar a publicação e muito mais. Vou investir pesado em marketing, propaganda, espaço editorial comprado como se fosse reportagem, *busdoor*, evento para crítica, tudo que recomenda a cara cartilha de vender papel impresso. Só não vou aparecer na noite de autógrafos, deixo tudo carimbado, vai ser um charme. Vão arrebentar nas vendas. Vou de pseudônimo. Isso nos Estados Unidos já foi feito e foi um arraso. Vou te mandar o material logo, logo.

— Bom, do jeito que o mercado editorial anda, eu acompanho, acho que topam. Vou ver isso.

— Obrigado, Thomaz.

Como era de esperar, Thomaz resolveu todos os seus problemas, até mesmo equacionar o tal do livro. A editora topou, gostaram do lance do autor desconhecido e até elogiaram o texto! Além de acharem o máximo a proposta de bancar tudo, mas ainda era preciso fechar alguns detalhes com o advogado e agradecer por tudo que tinha feito.

— Escritório de advocacia Thomaz e Associados, boa tarde.

— Boa tarde, preciso falar com o dr. Thomaz.

— Quem gostaria?

— Por favor, diga a ele que é o seu cliente favorito.

— Poderia saber quem deseja falar com o dr. Thomaz? — perguntou uma embargada voz feminina.

— Quando falar que é o seu cliente favorito, ele saberá quem é.

— Lamento informar, mas o dr. Thomaz morreu esta manhã, vítima de um AVC fulminante.

— Meu Deus!

— Estamos todos muito abalados, mas posso ajudá-lo? Se souber o seu nome, saberei dos seus casos em andamento.

— Obrigado, mas a ligação era justamente para agradecer que ficou tudo resolvido. Quando será o enterro?

— Não será no Rio. Velório no salão da OAB ainda esta tarde e o corpo segue para ser enterrado na Paraíba, em Parari, sua cidade natal. O senhor não quer me dizer mesmo o seu nome... Alô? Alô?

Desligou. Thomaz era um canalha adorável e prestativo. Na verdade, Pedro deveria comemorar, já que o desaparecimento do advogado seria o sumiço do único rabo de fora da sua invencionice.

Pedro sentiu muito a morte do advogado da família. Mesmo com seu surto moralista, sabia que qualquer pessoa de bem precisava de um advogado do mal para resolver problemas em que, ainda que estivesse do lado da lei, se bobeasse seria esmagado pelas mãos do Estado. Sabia que Thomaz tomava muito dinheiro, desde bandidos de colarinho-branco até criminosos menos sofisticados, todavia a relação dele com os Fonseca Steinbruck ia além do envolvimento comercial. Na maioria das vezes, nem cobrava honorários. Algum episódio desconhecido ou mesmo o longo relacionamento com seu pai gerara um vínculo de amizade.

Além da perda que lhe causava aperto no peito, Pedro ficou embasbacado com a informação de que o enterro não seria no Rio.

Velório no salão da OAB à tarde e o corpo seguiria para ser enterrado na Paraíba, em Parari, sua cidade natal.

Achou que deveriam ter confundido a letra no testamento, influenciados por sua desconhecida origem natal.

Thomaz, todo posudo, guardou o sentimentalismo para sua origem humilde. Parari é o município menos populoso daquele estado. Menos de duas mil pessoas! Cento e vinte e oito quilômetros quadrados. Haveria espaço para Thomaz.

Thomaz estava mais para Paris, sua segunda casa, do que para parar em Parari, mesmo que tenha partido de lá. Parariense é quase parisiense, por poucas letras.

Thomaz, com sua grosseria esculachada, um pernicioso a serviço do seu cliente, era passional e amante da boa literatura. Daí os laços mais fortes com seu pai, um gráfico — como se intitulava o dono original da espetacular gráfica — amante dos livros.

Da grande França, Victor Hugo, Rousseau, Voltaire, Proust, Émile Zola, Balzac, Flaubert, Marguerite Duras, Stendhal, Camus, Rimbaud, inesgotável.

Quando menino, Thomaz lhe recitava La Fontaine sem sotaque algum, Pedro nem sonhava que fosse paraibano.

Tudo bem, a grande Paraíba deu ao mundo Assis Chateaubriand, Augusto dos Anjos Magnífico, dono de uma de suas poesias prediletas ("Apedreja essa mão vil que te afaga, escarra nessa boca que te beija!"), Celso Furtado, Chico César, Elba Ramalho, Genival Lacerda de olho na butique dela, Geraldo Caminhando e Cantando Vandré, Herbert Vianna, quando não usava óculos nem pegava a moto do Vital, Jackson do Pandeiro, que misturou chiclete com banana, José Lins do Rego, Mayana Onça Neiva, Paulo Pontes, Roberta Miranda, Sivuca, sanfoneiro da peste, tirava som de liquidificador, de apontador de lápis, sanfoneiro de primeira, e Ariano Suassuna (o mais militante dos pernambucanos nascido nas Paraíbas).

Thomaz tinha uma cobertura, *appartement au dernier étage*, uma *incroyable penthouse*, chegou a jantar lá na última viagem à Europa com seus pais. Simplesmente no 7ème arrondissement, o bairro da Torre Eiffel. Caralhô, ao longo dos jardins da Torre Eiffel, ao longo da Esplanade des Invalides, ou nas belas avenidas no interior, qualquer lugar desse bairro é um privilégio. Considerado o bairro mais elitista da capital da França. Isso, sim, era o velho Thomaz, quando ele escapava deste país de merda (o Brasil), nas suas palavras, que jamais voltariam a ser pronunciadas, mas estão aí para quem quiser fazer uso delas. Enfim, seu destino foi Parari, e as inquietas divagações de Pedro pareciam emanar de uma mistura de Absinthe com cachaça Rainha, celebrando a conexão franco-paraibana. Mantinha *Le Métèque*, do Georges Moustaki, egípcio, grego, italiano, árabe, judeu que para a história virou francês, numa antiga *playlist* que montara, à toa, com as favoritas do pai. Ele ria, agradecia, e continuava com seus vinis arranhados e rangedores.

Avec ma gueule de métèque,
De juif errant, de pâtre grec
Et mes cheveux aux quatre vents
Avec mes yeux tout délavés,
Qui me donnent l'air de rêver
Moi qui ne rêve plus souvent.

Avec mes mains de maraudeur,
De musicien et de rôdeur
Qui ont pillé tant de jardins

Avec ma bouche qui a bu,
Qui a embrassé et mordu
Sans jamais assouvir sa faim.

Avec ma gueule de métèque,
Se juif errant, de pâtre grec
De voleur et de vagabond
Avec ma peau qui s'est frottée
Au soleil de tous les étés
Et tout ce qui portait jupon
Avec mon coeur qui a su faire
Souffrir autant qu'il a souffert
Sans pour cela faire d'histoire
Avec mon âme *qui n'a plus*
La moindre chance de salut
Pour éviter *le purgatoire.*

Avec ma gueule de métèque,
De juif errant, de pâtre grec
Et mes cheveux aux quatre vents
Je viendrai ma douce captive,
Mon âme *soeur, ma source vive*
Je viendrai boire tes vingt ans
Et je serai prince de sang,
Rêveur, *ou bien adolescent*
Comme il te plaira de choisir
Et nous ferons de chaque jour,
Toute une éternité *d'amour*
Que nous vivrons à en mourir
Et nous ferons de chaque jour,

Toute une éternité *d'amour*
Que nous vivrons à en mouri.[**]

[**] "Com minha cara de estrangeiro,/ De judeu errante, de pastor grego/ E meus cabelos aos quatro ventos/ Com meus olhos desbotados,/ Que dão ar sonhador/ A mim, que já não sonho com frequência.// Com minhas mãos de saqueador,/ De músico e de vadio/ Que pilharam tantos jardins/ Com minha boca que bebeu,/ Que beijou e mordeu/ Sem jamais saciar sua fome.// Com minha cara de estrangeiro,/ De judeu errante, de pastor grego/ De ladrão e de vagabundo/ Com minha pele que foi roçada/ Pelo sol de todos os verões/ E por todas que usavam saias/ Com meu coração que soube fazer/ Sofrer tanto quanto sofreu/ Sem criar problemas por conta disso/ Com minha alma que não tem mais/ A menor chance de salvação/ Para evitar o purgatório.// Com minha cara de estrangeiro,/ De judeu errante, de pastor grego/ E meus cabelos aos quatro ventos/ Eu virei, minha doce cativa,/ Minha alma gêmea, minha fonte viva/ Eu virei beber os teus vinte anos/ E eu serei príncipe legítimo,/ sonhador ou então adolescente/ A escolha que te agradar/ E nós faremos de cada dia,/ Toda uma eternidade de amor/ Que nós viveremos até morrer/ E nós faremos de cada dia,/ Toda uma eternidade de amor/ Que nós viveremos até morrer." (Tradução livre)

Eduarda Cristina detestava acordar cedo, o que, para ela, era antes das nove da manhã.

Pior do que a freada do ônibus na rua, do que o cachorro do vizinho, só mesmo ter como despertador a maldita dor no período da ovulação, ainda mais dramática do que a cólica menstrual.

Era genético. Todas as mulheres da família sofriam muito desse incômodo. Ela se lamentava com a mãe dizendo que era a geração síntese da ovulação das Toledo, seu ramo feminino.

Descia uma gosma com aparência de clara de ovo.

Várias vezes cogitou a hipótese de fazer um daqueles implantes hormonais que suspendem tudo, a ovulação, a sangria desnecessária e sei lá mais o quê, mas uma amiga contou que fez e dificultou a gravidez posterior.

Filhos não estavam nos seus sonhos mais remotos, até porque sua vida amorosa parecia um pesadelo, mas para que correr risco desnecessário, mexendo com o curso natural do organismo?

O problema é que esse sofrimento só cessaria na menopausa. Quando os hormônios enlouquecem de vez.

Que sina, a das mulheres. Mas, mesmo uivando de dor abraçada à privada, sentada nua de madrugada no ladrilho frio do banheiro, jamais desejou, por uma fração mínima de segundo, ter nascido homem. Ela sabia que o recomendável seria um abraço aconchegante na sua bolsa de água quente, parceira fiel e infalível desde a adolescência, aconchegada ao ventre como se fosse um bebê em gestação a transmitir calor e quietude. No entanto, seu estado de espírito estava mais para um indiferente e gélido vaso sanitário, a vontade mesmo era de se jogar para dentro dele.

Não era preguiçosa, geralmente até levantava antes da música selecionada na véspera como toque para acordar. Mas dormia sempre tarde, e ontem foi mais tarde ainda, e seu organismo operava em bateria baixa com menos de oito horas de sono.

Sabia que, em jejum, o remédio para dor iria ferrar seu estômago, mas não esperou pelo café. Mandou para dentro dois comprimidos com o restinho de vinho branco que sobrara da véspera, quente, na cabeceira. Quente, mas desceu com uma sensação agradável. Quem sabe o álcool não potencializaria o efeito do medicamento, aumentando sua eficácia.

Definitivamente não dava sorte com os homens. A culpa era dela mesma, insinuou o analista na última sessão a que compareceu.

Sempre a maldição do nome, atribuía.

Quando o cara tinha uma pegada mais forte, Eduarda queria fazer amor de um jeito mais suave.

Se ele era mais doce e meigo, Cristina preferia pegar no tranco, ser jogada na parede.

Para complicar, quem disse que as exigências eram características fixas de cada uma?

Algo nela fazia com que seu estado de espírito se movesse na razão inversa da disposição do homem disponível.

Havia um trauma clássico: a traição. Uma grande paixão, a maior, das mais raras, vinda da adolescência, fora destruída pela melhor amiga.

Desde então, fechara-se como ostra. Comportava-se, vestia-se e tinha gostos de uma mulher bem mais velha do que sua idade.

Não era momento de pensar em sexo. A bebida estava devastando seu interior. Partiu célere para a copa, para uma torrada com manteiga salvadora. Felizmente, a água de coco ainda não havia azedado.

Sua rotina de trabalho começava depois do almoço. Agora era a hora da corrida em volta da Lagoa.

O sol forte derretendo o filtro solar em nada lembrava a noite fria dessa época do ano. Da janela da sala do seu prédio sem vizinho frontal, ficara na véspera um tempão olhando estrelas, com a voz agradavelmente anasalada de John Pizzarelli cantando bossa nova ao fundo. Deve ser coisa de colonizado, deduziu, achar charmoso gringo cantando MPB. Ao trabalho, saco, ainda não.

"Wave", "Das estrelas que esquecemos de contar". Sabia que era verso de música, mas, quando bateu o e-mail, nem se preocupou em pensar de qual música.

Pensando bem, no entanto, era longo, um bom título de livro.

Vivia das letras, mas nunca sonhou com um livro próprio.

Iria contar o quê? Suas histórias, nunca. Inventar? Impossível, sem partir das suas histórias.

Ficção, filosofava, é uma ficção.

Pouca idade, muita experiência. Atrás do discurso de insegurança e humildade dos escritores, sempre há um narcisista enrustido. Ou assumido mesmo.

Ela se contentava em ajudar a lapidar os baratos dos outros e a esculachá-los nas suas resenhas, quando achava importante desmascarar impostores. Mas não deixava de reconhecer quando considerava um trabalho legal.

Bem, ser crítica era sua maneira de extravasar o próprio narcisismo de forma perversa, já tinha concluído com seu psicanalista. Interrompeu as sessões. Não por isso. Andava meio sem tempo, preferia cuidar mais do corpo.

Iria começar a conferir o novo trabalho quando saísse do banho de banheira, ritual lento, envolto numa cortina de vapor, que deixava o espelho e os ladrilhos embaçados, como numa sauna.

No momento, o suor gostoso vinha do exercício puxado, passadas largas, como que flutuando, causando estranheza às garças, na trilha de asfalto esburacado da caminhada acelerada. As dores da ovulação estavam entrando em pausa. Sabia que o cessar-fogo seria por pouco tempo, era melhor aproveitar. Sobravam poucos dias bons no mês. Ou estava menstruada ou ovulando.

A vida pode ser bela, girando em torno da lagoa poluída.

Na trilha sonora, Annie Lennox pergunta longamente "why?", dentro da sua cabeça pelos fones de ouvido.

Fones? Será que vêm de microfones? Também iria ao computador pesquisar a origem dessa palavra.

Uma agulhada no ventre, fim da trégua.

Podia ser pior: seu Cristina pelo menos não era Christina.

Dos dezoito aos trinta e quatro anos, com montanhas de originais por mês, uns maiores, uns menores, nunca tinha anotado, deletava tudo após o ok final, nossa!, já tinha capinado, como definia, quase uns duzentos textos que virariam livros. Se seriam lidos era outra coisa. Ela mesma não compraria quase nada do que ajeitou.

Não parava nem durante as férias, mesmo em viagem. Adorava seu trabalho e foi para isso que inventaram computadores portáteis. O que menos se faz com telefone hoje é falar e ouvir. Ao contrário da fama das mulheres, ela não apreciava ambas as coisas.

Ainda mais quando alguém ligava para perguntar por novidades. Sempre respondia, nas ocasiões, mesclando gentileza com deboche, que se tivesse alguma novidade a contar, ela ligaria. Perda de tempo, as amigas não desistem, seu aparelho vivia em estado de vibração, o serviço de mensagem estava programado para poupá-la a partir do segundo toque.

Além disso, selecionava minuciosamente a quem devolveria as ligações.

Embora reclusa a maior parte do tempo, tinha vida social intensa.

Duas tribos.

A do papo-cabeça, mais ligada ao seu trabalho, literatura, cultura, cinema, teatro, arte etc.

E a das antigas amigas de escola. Nessa, havia de tudo. Desde dona de casa perua que arrumou marido rico, dona de casa filhinha de papai que casou com marido duro, uma antropóloga renomada, uma artista plástica a ser reconhecida, uma psicóloga, uma advogada especializada em direito trabalhista, quem mais? Bem, eram umas oito, normalmente se reuniam aos pedaços. Todas juntas só no almoço de fim de ano.

Mesmo com a quantidade gigante de letrinhas, Eduarda Cristina era muito aplicada e disciplinada, e se atirava sobre um novo trabalho como se estivesse lendo o primeiro livro da sua vida.

Conseguia se descolar emocionalmente das histórias que achava simplórias, desinteressantes ou mesmo mal escritas e, de verdade, procurava usar suas ferramentas a serviço da viagem do autor. Sabendo que o destino era incerto. Ou que chegaria a lugar algum.

— Não sou juíza. Juiz é o leitor. Sou como uma advogada de defesa que tudo fará, nos limites da lei, para que o autor receba uma sentença justa — era seu lema.

Na função remunerada de crítica, seu cliente era o público. Virava promotora implacável. Aí, um suposto conflito de interesses era tempero para ser ainda mais rigorosa.

Lê-se pouco, escreve-se muito.

Dessa imensa produção, Eduarda Cristina comprara posteriormente nas livrarias somente meia dúzia de livros. Todos de escritores já estabelecidos no mercado, cujo valor ela reconhecia.

Até então, nenhum estreante, e destes recalcitrantes, mereceu vaga na sua restrita estante.

Ainda mais porque, não por escassez de espaço, mas por decisão solene, só guardava livros que com certeza iria reler. Os outros, mesmo se aprovados na primeira leitura, costumava passar adiante. Ainda que com dedicatória. Guardar como enfeite?

A dura realidade é que havia pouquíssimos autores nacionais na sua biblioteca. "Se o Brasil até hoje não ganhou um Nobel de literatura, só haverá chance no próximo século, com muita sorte. O problema é que no próximo século o português será uma língua africana.", era outra de suas máximas.

O que não a impedia de abrir a alma, sem preconceito, à espera de um milagre a cada novo parágrafo que decifrava.

E foi com esse espírito que fez o download do arquivo "Das estrelas que esquecemos de contar", atachado no e-mail da editora que mais lhe mandava serviço.

Foram trinta e um segundos. Ou o Wi-Fi estava lento, ou seriam pelo menos umas quatrocentas páginas. Adorava adivinhar o tamanho pelo tempo para baixar.

Por sorte, foi mesmo a porcaria da internet. Quando transferiu para a ferramenta com corretor de texto, viu que errou a previsão anterior. No máximo umas duzentas páginas, dependendo do tamanho da letra e da paginação.

Não seria um livro que se sustenta de pé, como dizia João Ubaldo Ribeiro, referindo-se, em contraponto, com o típico e jocoso duplo sentido, à grossura de *Viva o povo brasileiro*, num gesto separando as mãos por um palmo.

Seus trabalhos seguiam um ritual. Música clássica ao fundo — tinha uma *playlist* que ficava se alternando entre Vivaldi, Bach, Beethoven e Mozart (o seu Quarteto Fantástico).

Na verdade, seu time favorito era um quinteto. Vivaldi era doçura, Mozart era harmonia, Bach era melodia, Beethoven era eloquência. O gigante do ritmo fora Wagner, o Terrível. Por isso mesmo, inviável prestar atenção no trabalho sob o ataque da abertura de *Tannhäuser*, com valquírias histéricas em louca cavalgada ou Isolda se esvaindo em uivos pungentes. Nos exercícios físicos, colava bem, dava um ar épico à malhação. Ou para uma última dose, antes de apagar, deprimida, debaixo do velho edredom de patchwork comprado há séculos em Tiradentes.

Quando as amigas debochavam da sua seleção musical favorita, ela se apressava em provar que não era bestinha, mostrando o mais novo samba-funk bombado numa dessas novelas aí, recém-incorporado ao seu iPhone.

Preferia clássicos, bossa nova e jazz, embora detestasse ficar rotulando por gênero.

Ou é bom ou é ruim. Quem decide? Ela.

"O que interessa é música gostosa e apropriada para o momento da sua existência", era outra das suas máximas.

Ao passar, mais uma vez, pelo nome da obra que viraria livro, Eduarda Cristina chegou a ficar levemente tonta ao ler o nome do autor.

Machado era uma referência literária, mas também um objeto assustador. Alguma coisa soou.

Pedro Machado. Bobagem, não acreditava em predestinação. Remetia ao "de Assis". O nome passava virilidade. Repetiu-o em voz alta, "machado".

— Manchado — foi o que murmurou, sem nem perceber o trocadilho vindo, imperceptível, do inconsciente.

O QUE FAZER? O que fazer? Ter um esquema maquiavélico do bem, maquiavélico do bem? Tinha que definir metas e executá-las. Nunca foi bom em gestão. A gráfica só lucrava graças ao "seu" Peter, um alemão que herdara do pai junto com a rotativa. Um querido e eficiente, não provocou ninguém nos 7 a 1 da Alemanha, e olhe que seu sobrenome era Draxler, o mesmo do capitão da seleção que humilhou o Brasil na sua terra. Brasil, a única potência do futebol a não ganhar títulos em casa. "Seu" Peter, com toda a lealdade e pinta de Alfred Thaddeus Crane Pennyworth, o mordomo e tutor do Batman, jamais se prestaria a esse papel na sua nova jornada. Herr Peter já estava velhinho.

Seguiria sozinho, teve uma ideia que julgou genial.

Pecados! Perfeito, poderia começar por eles. Nem que fosse como um esquenta.

Transgredir a maioria das leis divinas não tem punição na Terra. Se bem que transgredir as leis dos homens também não significa punição na certa.

Pecados… Pecados!

NADA É FÁCIL. Pedro logo se enrolou porque há muitas categorias de pecados. Os ditos veniais, considerados mais leves, e que podem ser perdoáveis sem nem passar pela Igreja, embora incluídos na confissão. Não confessar pecado nem era considerado pecado. Do ponto de vista da organização, julgou uma falha, uma brecha no modelo de inspeção da linha de produção. Ainda mais porque, quanto mais pecados, mais as engrenagens rodam. Os veniais eram mixurucas. Uma esmolinha aqui, uma reza de arrependimento sem que o padre saiba, lavou, tá limpo. Pequenas faltas morais como omitir algum fato, e se o fato for grave, ser negligente quanto às pequenas obrigações como cristão, quais eram essas obrigações, mentira sem maior importância, enfim, pecado café com leite. Por isso a Igreja estava decadente. Topava a autodelação premiada e nem a soma dos veniais se transformaria em pecado mortal, tipo crime continuado.

Pecado mortal, aí sim, vamos ao que interessa.

Para a Santa Mãe Igreja, é aí que o bicho pega: é aquela falta moral que elimina a graça divina com a alma. É para Deus romper a amizade com o Homem. Tudo acabado entre nós, vá se entender com o Diabo!

Mas também não eram tão barra-pesada assim. Fundamentalmente era pecar contra os Dez Mandamentos, pecando por tabela contra o Espírito Santo. O que para ele, sem crença, ou seja, um pecador na origem sabe-se lá em que categoria, era confuso. Esse Espírito Santo não sabia situar onde estava entre Jesus e Deus, uma terceira instância, um conselho arbitral. Não era deboche, só queria se entender para examinar os riscos e não iria consultar um religioso nem o Google.

Resolveu listar, para ficar mais claro para sua conclusão e escolha, e lá estava ele, mais uma vez, pensando, lendo em voz alta, o que o incomodava, cada vez menos, até mesmo porque quando notava já era tarde e não havia ninguém para estranhar:

1. AMAR A DEUS SOBRE TODAS AS COISAS — Tirando a turma do Vaticano e uns poucos fiéis, fiéis mesmos, espalhados pelo mundo, ninguém devia seguir isso para valer. Claro que os parentes, a mulher e o marido, ao menos nos primeiros anos de casamento, vinham antes. Em alguns casos, até o cachorro. Time de futebol. E, sempre, o dinheiro.

2. NÃO PRONUNCIAR O NOME DO SENHOR EM VÃO — Este até o papa Francisco, com seu bom senso, deveria revogar. A mulherada grita por Deus até na hora do orgasmo.

OK, até Ele deve saber que é mesmo divino. Essa divagação é pecaminosa. Deus goza?

3. LEMBRAR DO DIA DO SENHOR PARA SANTIFICÁ-LO — Todos os dias não são d'Ele? Seria apenas o Natal? Natal não é o aniversário de Cristo?

4. HONRAR PAI E MÃE — Nas famílias que conhecia, o grande pecado era que os pais não honravam seus filhos.

5. NÃO COMETER ADULTÉRIO — Não tem "não cobiçar a mulher do próximo"? Já existe outro, é adultério. O que abunda não prejudica, *quod abundat non nocere*, como diria, com gestual cheio de salamaleques, no original, o dr. Thomaz, seu malvado favorito, é redundante. A não ser que exista adultério ativo e o dito corno desta cláusula supracitada seja o ativo.

6. NÃO ROUBAR. — sem validade para os filhos deste solo de mãe gentil.

7. NÃO LEVANTAR FALSO TESTEMUNHO CONTRA TEU PRÓXIMO — Isso, com a Lava Jato, em vez de pecado, virou salvação. Até porque se peca contra pecador, tudo em casa, ou em Bangu I.

8... 8... 8...

Parou! Parou! Não eram sete os pecados capitais?

Mais simples:

a) Gula — Bobagem, colesterol e diabetes, obesidade, o pecador paga em vida.

b) Avareza — Tolice, é um sentimento inerente ao homem, incluída a mulher. E as crianças. E os bebês, a gente já começa achando que o mundo existe para nos servir.

c) Luxúria — Sem sentido, era de uma época em que não tinha preservativo. Nem anticoncepcional. Nem remédio contra disfunção erétil.

d) Ira — A Bíblia não imaginava que a civilização iria criar salas de espera. Trânsito. Vizinho que gosta de pagode.

e) Inveja — Ué, azar de quem tem. Aliás, de quem quer ter o que não tem. Por isso se recomenda morder os cotovelos, o que seria uma manobra invejável.

f) Preguiça — Saco, esse nem dá ânimo para comentar, saco! Macunaíma é nosso grande apóstolo tupiniquim.

g) Orgulho ou vaidade — Parece nome de série inglesa da Netflix. Se o sujeito faz ou consegue um troço, bacana, tem mais é que se sentir de bola cheia.

E interessava pecado que tivesse função didática. Para, de alguma forma, nem que fossem um pequeno público, perceberem que tinha alguém muito descontente com o mundo e que estava fazendo, humildemente, sua parte.

No baú dos outros pecados, ainda tinha:

8. NÃO DESEJAR A MULHER DO PRÓXIMO — Do distante é que não vai ser, ora. Piada antiga, os Evangelhos também.

9. NÃO COBIÇAR AS COISAS ALHEIAS — Se já fossem suas, por que cobiçaria? Não é uma maneira de dizer que não podes roubar? O roubo já não começa na relação capital *vs.* trabalho? Desequilíbrio mental dá nisso, com a culpa e a idade (e dinheiro no cofre), a gente fica socialista. E olha que é a doença infantil do comunismo. Que diz que nem o alheio existe.

10. NÃO MATARÁS. NÃO MATARÁS. NÃO MATARÁS! — Enfim, não só é um pecado para valer, como é absolutamente contemplado também na Lei dos Homens. O melhor dos pecados, justamente porque te iguala a DEUS. Não é só Ele que pode tirar a vida dos outros?

Pela Bíblia, até matar tem perdão, zeram tudo com real arrependimento. No judaísmo, parece quem nem pecado tem. Faz sentido: se tem perdão, por que gastar o tempo? As religiões afrodescendentes também não listam pecados. Como são coladas na natureza, sabem que, na origem, o ser humano é um animal enjaulado na civilização, a barbárie está nos nossos corações.

Um babalorixá jamais confirmaria isso, mas ouça os tambores.

Matar sairia do quintal religioso, nem sabia por que enveredara por aí. Bem, tinha que ter um ponto de partida. Religião ainda é a grande Constituição moral dos povos.

Homicídio.

Homicídio, descobriu-se daquele jeito, é um termo que deriva do latim *homicidĭum* e que se refere à morte de um ser humano causada por outra pessoa. Uma análise mais extensa da origem etimológica do conceito revela que o vocábulo latino *homicidĭum* deriva da combinação de um termo grego que se pode traduzir por "semelhante" e de *caedere* ("matar").

Assassinato também soava bem. Desta, ele sabia a origem e achava graça. Vem da palavra árabe *hashashin*, ou seja, consumidor de haxixe. Como se a droga motivasse a fazer maldades dessa natureza, assassinar. Em rara experiência com entorpecentes, e esse nome já diz tudo, umas poucas baforadas naqueles cachimbos incrementados para fumar haxixe provocaram um sono danado cuja repercussão foi dormir por cinco horas direto e acordar com a boca seca. A única vontade de matar foi a sede... Nem sonhou, quanto mais pesadelo.

E é preciso ficar fora de si para matar alguém? Em crimes passionais e derivados, como brigas de trânsito, é óbvio que influencia.

Visto profissionalmente, como seria o seu caso, o que se precisa é de frieza, concentração de meditação e raciocínio puro. Matar sem emoção nem raiva, como se faz com barata ou frango na granja. Na sua missão, mais próximo da barata: iria, por nojo, se livrar de um elemento que sujava o mundo. Ou melhor, livrar o mundo desse elemento nojento.

Quem nunca desejou? E agora, poder fazê-lo com a certeza da impunidade?

A regra essencial para a polícia desvendar um crime é perseguir a quem interessou a morte.

No seu caso, mataria pelo mais extremado desinteresse.

O crime perfeito, sob nova identidade, nem haveria a quem procurar.

Assassinato. Também soava bem.

E não é que o desejo de matar foi mexendo com ele? Teve que se controlar para evitar a excitação. Calma, vamos no racional, usou como mantra.

No simbolismo e no pensamento, sempre esteve no seu pensamento, imaginava que, de todo mundo, ao menos é normal.

Deveria ser mesmo uma sensação gostosa, divina, acabar com uma vida. Ver alguém morrer por sua iniciativa. Ainda mais ele, que nunca tivera filhos, marcaria sua passagem na Terra não por dar vida, mas por acabar com uma.

Lobo frontal, despertando o lobo dentro de si. Um Lobo da Estepe 2.0. Iria à caça.

Claro que não seria um qualquer, à toa, escolhido ao léu, um inocente. Eles existem. Não seria o assassino do horóscopo, gancho de filme de matador em série. Nem mexeria com canibalismo. Para algumas tribos indígenas, comer o inimigo tinha um significado, coisa e tal. Não só era nojento, como também virou moda em romances policiais, desde a franquia de Hannibal Lecter.

Há formas de canibalismo muito mais profundas do que comer carne de gente. Blargh!

Curioso, enviesou, nem sabia mais quando falava alto, e falava, seus pensamentos internos estavam ecoando cada vez mais fortes. Ao invés de entrar, pareciam sair pelos sete buracos da sua cabeça, o canibalismo, o gourmand canibal, é — ao menos na ficção, na realidade não conhecia nenhum, nem de nome — associado à prática homoafetiva. Não entendia a conexão, gente que come gente não passa por gênero.

Imediatamente, confabulou consigo mesmo: nunca fez sexo com outro homem. Eis uma experiência que seria inovadora nesta nova vida.

Aí, veio à sua disfuncional memória um sonho até então escondido no cofre-forte do seu inconsciente, em que comia o querubim da esquerda de Rafael Sanzio.

Segurava o anjo pelas asinhas e mandava ver.

Interpretou o sonho — sonhos são para isso — como uma enrabada na pureza angelical da vida passada. Hmmmm, reconheceu que a experiência homo-onírica acontecera pós-trauma. Encaçapava o impúbere serzinho de luz atrás de uma caçamba de lixo. Um elemento ainda mais perturbador porque a agulha da bússola tremelicava, agitada, para atalhos muito além de meros resquícios do dia, de experiência efetivamente vivida.

A palavra pedofilia só veio por seu demente garimpo em águas profundas no encalço selvagem do sentido da coisa, quando o que mais sentimos são coisas sem sentido. Assim como veio, a palavra se foi, empurrada para fora de vista, interior que seja, por desejos efetivamente desejáveis.

Fazer algo novo, ainda mais no campo sexual, só para fazer diferente, não rola. Nada contra a ideologia de gênero, mas homem, estava ali seu pênis para comprovar, não fazia seu gênero. Mas, do sonho, acordou gozado. Acontece.

Sem preconceito, achava natural que o sexo de origem não fosse uma camisa de força para o desejo sexual. Sua sexualidade se saciava dentro do conservadorismo binário. Seus dois cromossomos X preferiam copular, num limitado repertório variado de variantes, sem grandes malabarismos, com um par, talvez dupla, já seria um exagero, que traga um Y para a festa. Queria mudança, mas em outras esferas, os mesmos círculos, convexos a côncavos.

Não se mexe em time que está ganhando, menos ainda em competição onde o que vale é a vitória do empate.

Aliás, nos capítulos sexo, drogas e rock 'n' roll, nada de novo.

Nada do que fizera ou deixaria de fazer merecia correção. Talvez fosse agora mais ativo sexualmente, em termos de quantidade, já exposta a preferência. Mas do jeito que levava, já era satisfatório. Nada o impedira até então de aumentar a procura, a oferta mantinha a roda rodando. Comprar sexo ou apelar para aplicativos de encontros, onde o sexo acaba comprado, não estava em questão.

No capítulo drogas, a mesma coisa, só que ao contrário. Só consumira o que lhe apeteceu, maconha, algumas poucas vezes, mais como um gesto comunitário que só lhe trouxe uma sonolência sem maiores baratos, além da inevitável e desesperadora vontade de botar glicose para dentro, e não gostava de doce.

Nunca foi atraído por drogas pesadas, achava esquisito o comportamento das pessoas sob efeito de cocaína, uma fissura que era o oposto do que desejaria como entorpecente, o nome já diz, por que pegaria pesado agora?

Álcool era uma droga legal, é legal.

Rock 'n' roll, pensou apenas porque faz parte da trilogia. Não gostava de festas, gênero musical, não interessava se era bom ou se era ruim.

Caramba! Liberdade para fazer o que quisesse da e na vida e nada de excitante para radicalizar?

Então sua vida era boa, perderia a oportunidade de dar uma virada. Se não havia o que virar.

Os pecados eram todos desinteressantes, boa parte incorporada de forma hipócrita pela civilização cristã ocidental, até chegar ao NÃO MATARÁS.

NÃO MATARÁS.

NÃO MATARÁS! Enfim, não só é um pecado para valer, como é absolutamente contemplado também na Lei dos Homens. O melhor dos pecados, justamente porque te iguala a DEUS. Não é só Ele que pode tirar a vida dos outros?

MATAR!

O desejo de matar, em condições louváveis, com boa desculpa para matar, o desejo, um outro, um anseio que vinha crescendo de forma excitante, fazendo suar as mãos, como uma perversa obsessão, um demônio do bem tocando fogo no espírito, um energúmeno na sua significância exata, e não havia outra, possesso possuído beneficamente pela força do mal. Para uma coisinha só e simples:

MATAR!

A ESCOLHA, EMBORA OUSADA, LHE PARECEU SIMPLES E ATÉ NATURAL. Só que não seria nada simples. A decisão, na teoria, era até moleza. Mas escolher o escolhido seria a definição mais complexa e angustiante. Primeiro, teria que arrumar uma vítima longe de ser vítima.

Alguém, alguéns, quem sabe, de saída, uma escolha que mereceria indiscutivelmente, com a maior unanimidade possível — total não existia, não há mais consenso em nada sobre tudo —, uma execução. Que deleitasse até quem é contra pena de morte militante, mas todo mundo, no fundo do fundo, curte uma vingançazinha. É da nossa natureza. O olho por olho, dente por dente da Lei de Talião virou dito popular. Se é a voz do povo, é em seu nome que o poder deve ser exercido, está na Constituição. Amparo moral dando sustentação ao legal.

Se pudesse escolher, gostaria de praticar um ato para foder com a elite. Esta, que ou está reclamando do povo ou resolve, por culpa burguesa, falar em seu nome, é a origem de todo o mal.

Mama no Estado, reclama dele. Elogia a Lava Jato, negocia sem recibo. Arrota meritocracia, só funciona na base do quem indica, a quem interessa agradar. Se a corrupção é o câncer, a elite é o carcinoma que vai envenenando todos os órgãos, a começar pelos públicos.

O problema é que elite é um troço inorgânico e mutante. Impossível de se atingir, será naturalmente a vítima final do mal que causa. E, Pedro teve que admitir, contrariado: mesmo sendo um crítico feroz, fazia parte desse seleto grupo. Mesmo estando quase na categoria dos mais impolutos, era melhor não mexer com isso.

Pensando bem, bastaria um alvo objetivo, pessoal, emblemático, mas caprichado. Um político! Um político daqueles bem corruptos. Comprovadamente, já condenado e na cadeia, para evitar injustiça. Embora, nesse caso, pudesse valer a máxima adaptada "não sei por que estou matando, mas ele sabe por que está morrendo".

Quem? Quem? Quem?

Um político! Por que não pensou nisso logo?

Alguns deles promoveram holocaustos sociais, enquanto se endinheiravam, com bebidas importadas caras e joias de gosto duvidoso para a madame de sapato Louboutin. Elas pagam uma fortuna, do contribuinte, para pisar na merda, que seus maridos/amantes fazem com sua conivência, e que aparece grudada na sola vermelha, que virou cult mas é bem cafona. Sola vermelha!

Era tanta oferta que seria difícil escolher.

Poderia começar decidindo entre o Executivo e o Legislativo.

Executivo, pronto.

Seria mais emblemático executar um do Executivo. São eleitos pela maioria do eleitorado sem hospital, educação, moradia, transporte e segurança, em campanha que promete sempre hospital, educação, moradia, transporte e segurança, e metem a mão no dinheiro que iria para hospital, educação, moradia, transporte e segurança do eleitorado. Que, na eleição seguinte, vota noutro pilantra com cara de santo salvador da pátria.

Mas deputado e senador fazem estrago igual...

E daria um pânico geral. Tipo um cunha, digo, uma cunha cravada num tumor.

Parlamentar é no proporcional. Governante é metade mais um.

Basta uma bala como atestado final de que a democracia, a pior forma de governo imaginável, à exceção de todas as outras que foram experimentadas, Churchill, errou. Não ele, essa democracia. Seria para continuar com ela, só dar umas corrigidinhas, com um toque, um teco, para o Estado de Direito se tocar.

E, nesse caso, ainda não tinha um, nem seria justiça com as próprias mãos porque pegaria transitado em julgado, já cumprindo pena em presídio. Tornozeleira eletrônica não vale. A lei decidiu que esses também são culpados, mas estão em categoria mais light.

Ex-governante em prisão de bandido seria até mais profilático. O canalha roubou de montão, devolve apenas um troco, fica em cana com mordomia, em breve consegue redução de pena, quem sabe até indulto de Natal! Como pode ainda existir essa moleza num Estado laico e onde o presidente não é um monarca?

Só que matar político preso tinha uma série de complicadores. Primeiro, porque está preso. Como ele iria entrar em instalações de segurança máxima, cheias de câmeras? Esperar uma saidinha, como saberia quando?

Sem contar que a morte de um velhaco desses poderia interessar a quem ele não gostaria de ajudar. Cúmplices que o homem poderia denunciar. Perturba as investigações. Até as famílias, depois das lágrimas protocolares, iriam comemorar o fim do estorvo e ficar mais aliviadas para usar o patrimônio intocado pela Justiça, já permissiva. Fora que a polícia teria uma dedicação acima do comum, o que não é comum, para achar o culpado. E, para esse tipo de crime, seria muito difícil não deixar um rabo de fora.

Que droga! Político ladrão é pior do que traficante. Mata mais, direta e indiretamente, do que traficante. Bem, refletindo melhor, traficante é pior. Ou não. Não vem ao caso. Também merece morrer, e — teve um insight — ele tinha, inacreditavelmente, um disponível.

Ele ira matar um traficante.

O Piolho.

E, o mais irônico, se é que há alguma ironia nisso — sempre há —, o próprio Piolho criaria as condições para ser morto por ele.

Uma decisão magistral.

Adeus, Piolho!

— Vossa Senhoria, quanto tempo! Quanta honra!

— Ué, como você sabia quem era? Eu uso pré-pago sem identificador de número!

— Da última vez que Vossa Magnificência ligou, eu marquei como "doutor" e ainda botei como *ringtone* a música "Como Zaqueu", o trecho "entra na minha vida, faz um milagre em mim".

— Já falei, Targino, você exagera...

— Chefia, não tem noção: não fosse pelo seu ato de misericórdia, eu durava mais meia hora. Estava tudo acertado. Gratidão eterna. O fulano, eu respeito por disciplina, é porque os corretivos no meu ramo de trabalho não têm nem recuperação nem repetir de ano. Só rola expulsão. Da Terra. Contigo é um pacto de vida: ouço e obedeço. Diga?

— É um troço bem mais complicado do que a primeira encomenda. Mas prefiro não falar por telefone. Vamos nos encontrar de novo em Vigário?

— Não, não! A Chupetinha está até adoentada, aquela santa. O tempo anda meio fechado por lá agora, uma disputa de mercado sinistra, tipo traição, o Piolho vai resolver, questão de tempo. Mas a gente mudou temporariamente a matriz pra Rocinha. Melhor pra Sua Elegância, zona sul, com metrô na porta.

— Tudo bem, como te acho lá?

— Sabe a Via Ápia?

— Não sou tão mané assim: a rua central, sei, subindo do asfalto de São Conrado.

— Gostei, meu príncipe, vai subindo, seguindo as placas pra UPP. Só um negócio: não use roupa vermelha, o nosso pessoal tem alergia a essa cor, se está me entendendo... Tem uniforme da seleção brasileira?

— Arrumo.

— Melhor. Então, quando passar pela videolocadora Hollywood, pergunta lá onde fica a "picanha da pedra".

— É uma senha?

— Nada, vai comer a melhor carne da sua vida, é só virar na segunda rua depois da loja, entra por um beco. O restaurante se chama "Varanda da Ápia". Mas fala com a moça que ela vai avisar da sua chegada.

Combinaram dia e hora, ele cumpriu o roteiro e ritual e, logo, sem incidente algum, estava sentado numa mesa numa laje no cocuruto do morro. Rodou trezentos e sessenta graus: Mata Atlântica, Pedra da Gávea, Corcovado, Lagoa Rodrigo de Freitas, dava para ver o edifício onde morava, as areias de Copacabana e Leme, as praias de Botafogo e Vermelha, o Pão de Açúcar, a Urca, as ilhas da Baía de Guanabara, a ponte Rio-Niterói, a Central do

Brasil. As Ilhas Cagarras. Iria almoçar no "Samba do Avião" muito melhorado.

Tomou um susto danado quando Targino chegou por trás e bateu no seu ombro.

— Babando com a vista, não é, Santidade? Mas, cacete, logo a camisa do Adriano Imperador?

— Não tinha que ser da seleção?

— Pois é, esse é o único jogador com o filme queimado por essas bandas. Compadre dos caras que mandavam aqui antes. Perderam. O pessoal reparou, eu expliquei que era ingenuidade sua. Um grande sábio, mas não se liga na diplomacia aqui do pedaço. Eu te garanto, mas veste pelo avesso. Não podemos dar mal exemplo.

— Desculpa, foi a única que achei, não visto uniforme da seleção há um tempão. Pronto, está bom assim?

— Fique tranquilo, comigo o seu crédito é ilimitado. Só pra galera sacar que, com o Piolho, autoridade e fidelidade têm que se respeitadas, sem vacilo. Cerveja!

— Vou direto ao assunto: preciso de uma arma de longo alcance, um rifle que acerte de muito longe, mira telescópica e, claro, munição adequada.

— Você está de sacanagem...

— Não combinamos que eu nunca me explicaria?

— E eu quero lá saber de explicação? Fico feliz por Vossa Mercê estar se aproximando do meu ramo de ação...

— Targino, você não faz ideia, nunca ouviu falar em tiro ao alvo?

— Amigo, estou me lixando pro uso que quer fazer dela. O meu susto é justamente porque a gente está precisando se livrar de uma arma dessas.

— Está de sacanagem!

— Pois é, o Piolho só tá agora aqui no comando porque tiramos da frente o nosso obstáculo, vamos dizer assim. O sujeito estava no alto daquela laje mais lá para cima, atrás daquele poste. Nós infiltramos umas garotas de programa de primeira, filé, para casar. O otário se encontrava com uma delas toda segunda, depois do almoço. Naquele dia, ela levou um charuto para ele fumar depois da trepada. Debruçado no parapeito, olhando seus domínios. Nem sabe que morreu. Na testa. E você nem desconfia quem atirou?

— O melhor atirador de vocês.

— Errou feio. Pra você, eu conto. Pois foi o próprio Piolho. Lá embaixo, do asfalto, do shopping dos granfinos. No nosso ramo, esse tipo de serviço dá mais moral quando é feito sem intermediário. O cara tem que ser o cara. É chefe mandando chefe pra vala. A concorrência tem que saber que quando o negócio é sério não tem essa de encomenda, mandar recado. Tem que ser com as próprias mãos, o dedo tem que ser o dele. A outra tribo tem que saber que o cacique é foda. E olha que o Piolho é gay, assumido, por isso estou te falando. Uma coisa não tem nada a ver com a outra. Não temos preconceito. O cara tem que ser macho na atitude. O que faz na cama é problema dele. E de quem ele levou pra cama.

— Mal dá pra ver os carros no Fashion Mall. Umas manchinhas coloridas.

— O Piolho atira direitinho, mas não é a sua especialidade. Ele é bom mesmo é em recursos humanos e relações públicas. Espera pra ver com o ajuste de foco. Com esse rifle, claro que com um pouco de jeito e bem orientado, o que aparece do outro lado da mira, tomba. Vai querer?

— Se é incrível assim, por que querem se desfazer?

— Então, a polícia e os inimigos logo souberam da existência dessa arma. O Piolho queria só pra esse trabalho. Foi uma pauleira arrumar, só que agora o melhor é despachar e espalhar logo que passamos adiante e não sabemos mesmo quem é você. Perfeito.

— Eu quero.

— Agora, você sabe que sou seu eterno devedor. Essa mercadoria é cara, de primeira, vai te custar um troco.

— Quanto?

— Vou ali chamar o nosso armeiro, o João do Cuco, começou como relojoeiro, se tiver relógio quebrado, ele conserta, belezura este seu, velhinho, hein? O Cuco traz a belezura, explica como se faz e acerta o valor. Cerveja!

Duas cervejas depois, chegou o armeiro do empreendimento de Piolho, uma cadeia produtiva que incluía desde bons advogados, empresa de contabilidade, uma igreja evangélica pentecostal, um médico de cirurgia geral, outro só para cirurgia plástica, foi contando Targino. Só faltou a proposta de emprego.

João do Cuco parecia o Geppetto do Pinóquio, versão Walt Disney:

— Meu senhor, apresento uma obra-prima, a Mona Lisa das armas: eis a McMillan TAC 50-A1-R2 — disse, tirando de um estojo um pouco maior do que uma caixa para guardar tacos de sinuca umas quatro peças pretas que, montadas, aí sim se transformaram num rifle com uma aparência de escultura minimalista. O pessoal capricha no design de ferramentas feitas para matar.

Targino, afoito:

— Conta a história do Paquistão!

— Paquistão?

— Do Curdistão!

— Curdistão?

Cuco corrige o rumo:

— Afeganistão, Targino, Afeganistão. Terra que arrepia com americano ou russo. Ali o negócio é sério.

— Tudo com "ão" e pros lados do Oriente Médio, conta logo.

— Pois foi exatamente com uma arma como esta que foi dado o tiro certeiro de maior alcance já registrado no mundo. Um franco-atirador...

— Americano é foda nessas paradas.

— Canadense, Targino, um sniper canadense estourou os miolos de uma talibã a dois mil quatrocentos e trinta metros de distância, participava da Operação Anaconda. Depois tem atentado no Canadá e o pessoal acha estranho, um país tão pacífico. Neguinho saca tudo e vai à forra. O mundo é globalizado. Meu caro, um disparo distante equivalente a uns vinte campos de futebol...

— Futebol americano ou brasileiro?

— Vai se foder, Targino, pede mais uma cerveja e não enche o saco que o assunto é sério. Prosseguindo, o segredo é a combinação da precisão do rifle, mais esta luneta com mira óptica, mais a munição, um projétil, uma bala feita com chumbo endurecido com antimônio, envolvido por uma espécie de camisinha de tombac, uma liga de cobre e zinco. Sem modéstia, estas foram feitas por mim e não deixam a desejar em comparação com o melhor que a indústria bélica do Primeiro Mundo já fabricou.

— Autoridade, não falei que o produto era de primeira? Mas só seis balas?

— Ô, Targino, está achando que tiro de precisão é rajada de metralhadora? Não acertou nos primeiros três disparos, é melhor se mandar. O seu amigo vai ser serial killer em massa, terrorista? Usou as seis, guarda e traz os cartuchos que eu recarrego. Fazer bala é um dos meus maiores prazeres, com marca registrada. Olha essa cruzinha na ponta. Ela não entra reto. Estraçalha. Mirou na cabeça e acertou no ombro, problema zero: quem estava do outro lado da luneta ou morre na hora ou poucos minutos depois. Sangueira.

Pedro ficou impressionado ao ver como era fácil montar e desmontar a geringonça tão leve.

— Seu Cuco, quando eu era jovem, tive uma espingarda de chumbinho. Tinha boa mira. Mas vou me acertar com essa arma.

— Prezado, não tem erro. Só uma dica: molhe o indicador na língua e cheque o vento. O segredo de tudo é o vento. Aliás, para tudo. Do lado em que vier o sopro, faça a mira três dedos contra, direção oposta. Essa ponta retangular é justamente pra abafar o impacto na saída do cano. Agora, tem o seguinte: você aperta o gatilho e pode contar até quatro, até o chumbo chegar no seu destino. Aqui é quando mais vale a desculpa "não sou eu quem mata, é a bala". Dá tempo para recarregar e repetir a dose enquanto a bala viaja pelo céu. Ou para se pirulitar. Nem faz barulho, parece mesmo uma tacada de bilhar. No mais, as recomendações de praxe. Um, prender a respiração para não balançar; dois, deixar o encosto bem confortável no ombro e colar o rosto na base como se fosse no cangote de uma mulher; e terceiro, o mais importante: gatilho não se puxa. Se absorve envolvendo com o indicador. Pense num clitóris. Macio e firme no balaço. Desculpe a comparação, mas fui relojoeiro, o clitóris é uma das peças mais sofisticadas esculpidas por Deus. É só saber usar.

— Não sei se vou conseguir.

— Se tiver determinação e calma, vai sim. Lembre que a rapidez é mais importante do que a precisão. Ela recarrega tão rápido que dá pra corrigir um erro.

Targino atropela:

— Conta o lance do Kennedy...

— Puta que pariu, Targino, você enche o saco — diz Cuco, com ares de quem gostaria de testar o rifle no colega. Retomando sua calma de monge tibetano: — Está mais do que comprovado que o Lee Oswald, ou quem quer que estivesse do outro lado da mira, fez três disparos. O primeiro nem acertou o alvo. Foi desviado numa árvore, ricocheteou no asfalto e acertou, sem gravidade, a perna de um senhor que estava na calçada vendo a comitiva passar. O segundo tiro pegou no presidente, só que no pescoço. Provavelmente, não morreria disso. Foi só na terceira vez que o atirador meteu o dedo que a bala acertou o crânio, por trás, do bonitão.

— Acho o máximo a imagem da Jacqueline, não é Jaqueline?, com o bundão para o alto, catando os miolos dele no estofamento dos bancos. No fundo, deve ter ficado dividida entre perder a mordomia de primeira-dama e o desejo de ver o mulherengo ardendo no inferno.

Os dois fuzilaram o falastrão com um olhar de impaciência de alto calibre. Targino levantou as mãos num gesto que costuma ser interpretado como "OK, foi mal, estou fora".

— Seu Cuco, estou convencido. É o que eu procurava. E o preço?

Cuco se afastou para confabular com Targino e veio a proposta:

— Um rifle desses, novinho, custa uns doze mil dólares. Fora taxa de importação, IOF, essas merdas, isso se for tentar trazer legalmente. Vai levar uns dois anos, com suborno na alfândega.

— O Piolho o tem em alta conta por ter salvado o Targino, quer mesmo se desfazer da belezura, passa adiante pelo preço que pagou: dez mil reais. Com ele, foi só um disparo. Pela aparência, foi pouco usada. É pegar ou largar.

Pegou. E o pagamento? Targino buscou a luneta e mostrou, do outro lado, mais alto, ainda na Ápia, uma lan house, a Gates do Jobs, turma criativa, não?, entregar em dinheiro num saco de supermercado (sem problema, risco zero) para o gerente, Tião Download. Para não ter erro, podia voltar com a mesma camisa do Adriano Imperador, mas vestida pelo avesso, para quem interessa saber de quem se trata.

Feito no dia seguinte.

Pronto, ele já podia matar com segurança.

Assim que chegou ao apartamento, não resistiu e montou, orgulhoso, sua TAC. Chamaria de TAC, na intimidade. Descomplicado, até uma criança conseguiria. Com uma bala na ponta da agulha, só para sentir a sensação, puxou uma cadeira, apoiou o bipé no batente da janela e, pela luneta, percorreu despretensiosamente as águas da Lagoa, viu — impressionante! — tainhas de prata latejante saltando em busca de oxigênio, até que sua vista parou num pedalinho, formato de cisne, meio rachado, quase mais para os lados do clube Piraquê. A bordo, um casal de jovens, ela com aquele rosto rechonchudo de recente gravidez e parto, a amamentar um bebê no seio esquerdo. De dentro do macacão amarelo, impossível, ainda mais hoje em dia, distinguir por cor o sexo da criança, a mãozinha apoiada no peito materno. Nesse momento, a mãe tirou o gorro da sua cria, fazia muito calor, e a cruzinha da luneta fechou o foco onde deveria ficar a moleira do crânio ainda incompleto. Pensou em qualquer circunstância, origem ou destino, na probabilidade de encurtar uma vida de sofrimento nesta cidade, neste estado, neste país, nesta sociedade, nesta civilização. Automaticamente, seu indicador curvou-se em câmera lenta em torno do gatilho, fechou mais o foco, seu cérebro deu o sinal para acionar todas as engrenagens de músculos e tendões até o movimento final, a pontada forte na testa, e tudo ficou escuro.

Tombou desmaiado no chão da sala.

Despertou.

Bem mais complicado do que imaginara. Na mecânica, é fácil matar uma pessoa. Emocionalmente, muito complexo. Ele não precisava ser um legítimo psicopata para chegar a esse ponto, mas necessitava de maiores motivações além do desejo por capricho. Não tinha uma vingançazinha pessoal ou gravemente cívica para perpetrar. O melhor motivador para um camarada são é o ódio. Não que ele amasse todos os semelhantes, cada vez menos semelhantes. Para dar cabo de uma vida necessitava de uma dose de raiva que ainda não conseguira atingir. Com certeza, do jeito que a realidade vai se comportando, esse estágio chegaria, mais cedo ou mais tarde. A questão é que ele queria cedo. Mais tarde, do jeito que estava se comportando, era bem capaz de virar um sociopata sem coração, sair atirando por aí, começando por aquele bebê do pedalinho de Cisne da Lagoa da mãe de seios fartos.

Mas seria o detestável Piolho.

A escolha perfeita. Tinha todos os pré-requisitos: a polícia jamais iria chegar a ele, o matador. Targino e Cuco poderiam desconfiar, mas nunca iriam incriminar a pessoa para quem venderam a arma. E, mesmo que abrissem o bico, não sabiam nada dele. Nome, endereço, celular, nada.

Os dois tinham até dado dicas de como proceder. Seria no estacionamento aberto no alto do shopping do centro comercial cheio de loja fechada justamente por ter favela vizinha, um teco certeiro e babau.

Leovigildo Piolho era mau feito um pica-pau! Muito mais do que ele supunha. Um currículo de dar medo só de ler. Já condenado por tráfico e muitos homicídios, recheados de requintes de perversidade, com direito a primeira página até dos jornais de classe média.

O filho da mãe tinha um baita verbete na Wikipédia — que parece que precisa de grana. Um serviço tão bacana. Não age como o Google, que rouba dos outros, como o Piolho, e se ferra.

Piolho era a crueldade em pessoa. Muito mais do que supunha. Piolho era o vulgo de Leovigildo Alexandre Mello Bandeira. Belo currículo: primeira condenação por tráfico e associação para o tráfico de drogas (como o cidadão vai vender se não se associar a alguém?). Segunda condenação por tráfico e associação para o tráfico de drogas (e se o cidadão monta uma empresa individual de responsabilidade limitada — Eireli —, tem atenuante?)

Onze, um time de futebol, homicídios triplamente qualificados, formação de quadrilha e ocultação de cadáveres (detalhe: numa entrevista clandestina a uma importante revista de circulação nacional, quando dava a entender que poderia se entregar, Piolho só, somente só, admitia oito assassinatos, dos quais alegadamente três foram em legítima defesa, incluindo dois PMs com tiro na nuca e um desafeto torrado dentro de pneus, o já clássico método de execução conhecido como "micro-ondas").

Resultado do placar, até este momento da partida:

13 anos de prisão

18 anos de prisão

28,5 anos de prisão

Evadido.

Piolho, entre muitas histórias cinematográficas do cotidiano carioca, protagonizara dois clássicos: numa operação humilhante para a polícia, em rara ocasião em que foi preso, foi resgatado de helicóptero pousado na caixa d'água do presídio Frei Caneca, levantando voo ileso sob um intenso tiroteio. Daí surgiu a fama de grande estrategista com capacidade de mobilização. E de ter o corpo fechado. Veremos.

Comandou pessoalmente, em outro rápido período no cativeiro (parece que se fez prender só para isso), a rebelião mais famosa de Bangu I. Com a conivência dos guardas penitenciários, invadiu uma galeria vizinha, ocupada por uma facção inimiga. Depois de quase vinte e quatro horas de massacre, só sobraram rivais, espancados, baleados e carbonizados, incluindo poderosos chefões.

Tanto que foram cenas cinematográficas que viraram cenas de filmes policiais de sucesso, os quais assustam a classe média ao ver o que não veem acontecendo há poucos quilômetros das suas varandas. E torcendo para o que Pedro faria: bandido bom é bandido morto. Ele pensou a respeito, mas não se incomodou. Seu escolhido estava na categoria dos psicopatas intratáveis, irrecuperáveis. E sua execução não seria por vingança, mas teria um peso simbólico: um cidadão comum reagindo diante de tanta impunidade e conivência.

Piolho também conseguiu destaque na imprensa quando descobriram que, no alto do morro, havia construído uma "geladeira" própria, com acabamento requintado. Essa geladeira, surgida na época da ditadura militar, é um modo "sofisticado" de tortura, porque não deixa marcas visíveis.

Constrói-se uma cela totalmente branca, baixa e pequena, impossível de se ficar de pé, sem janelas, a parede que se fecha, com água na altura dos joelhos e refrigeração ao máximo. Nos alto-falantes, som ensurdecedor. Vários dias sem água nem comida. Além do terrível desconforto físico, num ambiente todo branco, o preso, ainda por cima pelado, perde a noção de perspectiva e profundidade e acaba batendo com a cara nas paredes. Geladeira.

Piolho era mau feito pica-pau.

Matando Piolho, Pedro seria mau feito pica-pau?

Por que o coitado do simpático pica-pau leva fama de mau?

"Descreva a língua de um pica-pau", era uma das dúvidas que encabeçavam uma enigmática lista de mistérios para Leonardo da Vinci.

Só recentemente cientistas descobriram, filmando em câmera lenta, com uso de raio x e projeções em computação gráfica, que graças ao prolongamento da sua língua, meio que amortecendo os violentos impactos e deixando pouco espaço dentro do crânio para o cérebro sacolejar, que esses pássaros conseguem dar suas poderosas bicadas sem se machucar.

Montou a metáfora.

Ele daria suas violentas porradas sem prejudicar o cérebro.

Pedro seria mau feito um pica-pau.

Um festival de clichês, água com açúcar total, mas era um relato banal que remetia a ícones de grandes clássicos. Não era disso que o mundo estava precisando? Já que imperava a banalidade, a indiferença sobre os sentimentos alheios, que tal mexer com a emoção singela das pessoas?

O título, *Das estrelas que esquecemos de contar*, já trazia uma mensagem que evocava a observação mais lenta, a fruição com mais atenção do bem viver, atento para o amor e a poesia.

Tirado da canção "Wave", de Tom Jobim, uma das suas encantadoras criações.

Alguns versos ela não conseguia entender:

Da primeira vez
Era a cidade
Da segunda o cais
E a eternidade.

O maestro era um gênio, com certeza se tratava de uma mensagem cifrada para o objeto da sua paixão da vez. Ela, quem importa, entenderia o recado. Só esta sabe o que aconteceu na cidade e no cais. Eternidade era a aposta. Assim como Vinicius de Moraes, muito ligado na eternidade do amor, algo em que ela não acreditava.

Eduarda Cristina era muito detalhista e com uma pegada didática para os textos. Salve a liberdade poética, mas o leitor que comprou o livro, a música, tem de entender do que se trata. "Quem disse que tem de entender?", conjecturou nessa fase mais zen. O importante é que a música fazia sonhar, o título era uma grande sacada e, com uma garibada, o texto do estreante poderia render um bom caldo.

Gostou. Com umas mexidinhas, ganharia consistência. Eduarda Cristina fizera um juramento de jamais dar sugestão ao autor a ponto de mudar os rumos da trama. Acertar o caminho escolhido, corrigir aqui e ali, mas nunca havia proposto uma virada radical, que praticamente significaria reescrever tudo. Para ela não havia o que chama de intuição, no entanto D.E.Q.E.D.C a instigava desafiadoramente, bem além do intelecto.

Iria contar todas as estrelas e demais corpos celestes ou mesmo terráqueos que aparecessem neste novo céu que se abria sobre sua cabecinha.

A operação para matar Piolho avançara.

Nem precisou da ajuda do seu consultor técnico para assuntos de criminalidade. Buscou na internet "ferro-velho sucata" e escolheu um estabelecimento com ares de encrenca. Toda empresa que vive de vender em partes coisas que já foram inteiras é suspeita no Rio, na Baixada. Mas uma chamou atenção pelo nome, Ferro-Velho Futuro. Filosófico, Nova Iguaçu, esqueçamos o passado, os frutos do desmonte teriam vida nova. E o resultado foi melhor do que a encomenda. De táxi, motorista cabreiro com o destino, até o Waze parecia não recomendar, rua sem asfalto cheia de poças, o dono era um asiático, chinês, coreano, cambojano, malaio, de onde se nasce com olho puxado.

Que sorte! Não vendia veículos inteiros, mas acabava de receber uma van Renault Master, a mais alta do mercado, como precisava, e que iria passar pelo maçarico hoje mesmo. Exceção, preço especial. Só havia um problema:

ainda estava pintada como condução escolar, a chamativa faixa amarela nas laterais. Não era problema. Negociante honesto: o motor aguentava mais uns cinquenta quilômetros, já estava batendo biela feio, só entupindo de óleo. Era o que bastava, não rodaria, era para uma exibição, mentiu, será que não conseguia placas, para ficar mais bacana na aparência. Aqui estão. Por míseros cinco mil reais, saiu feliz, soltando fumaça, até um estacionamento público em Botafogo. Seria no dia seguinte, estava com tudo na cabeça.

Foi a uma loja de material hospitalar e comprou uma maca desmontável.

Arrancar vidro de carro é moleza. Sabia como desde a adolescência. A molecada do bairro fazia só de sacanagem para mijar dentro do táxi do seu Manoel, um motorista muito do antipático que tinha ponto no quarteirão. Manoel também provocava, não aliviava para bola de futebol e fazia com que os jovens se jogassem do skate ou da bicicleta para a calçada, para não serem atropelados. E se ele não freasse na hora agá? Quem vai saber, português doido.

Ninguém nunca ficou parado para conferir.

Cismaram que era salazarista fugido da Revolução dos Cravos. Bastava prender bem preso dois desentupidores de pia nas extremidades. Comprou-os numa dessas lojas que vendem de tudo, a maioria coisa vagabunda vinda da China, trabalho escravo. Depois era só dar um puxão firme e coeso. Foi o que fez e pimba!, o vidro traseiro da esquerda, de quem vem, saltou incólume. Ficou satisfatoriamente preso provisoriamente com aquelas fitas adesivas prateadas, que grudam até em gelo, compradas na mesma lojinha de bugigangas chinesas.

Chegou ao shopping com três horas de antecedência, porque precisava da última vaga da laje-estacionamento, pois o veículo tinha que ficar no ângulo certo, meio de esquina, dando visão para o terraço do restaurante da picanha.

Van altona, rampa para o estacionamento apertada, foi uma lenha para chegar lá em cima sem raspar nos lados, e mesmo no teto, sem chamar atenção da segurança. Aparentemente, não havia câmeras nessa espécie de túnel, nem mesmo no pátio do estacionamento. Bom, se quando o Piolho usou-o para liquidar o desafeto ninguém ficou sabendo, o local devia ser bem malocado. Achou graça de estar pensando com linguajar de vagabundo, que já é como vagabundo chama vagabundo.

Fez bem em chegar cedo, mas foi um pouco exagerado. Depois de uns vinte minutos uma mulher saiu da vaga desejada em ponto estratégico, com seu 4 x 4 importado; ele estacionou, com dificuldade, com a traseira virada para a Rocinha.

Com os bancos recolhidos, abriu a maca na parte traseira, sem os bancos, montou sem dificuldade o rifle, puxou o vidro e testou a mira. Feito o foco, impressionante: dava para enxergar, apenas com uma pequena névoa, as garrafas de cerveja sobre as mesas.

Agora era esperar, mas não no carro, que não tinha mais ar-condicionado, e também para não chamar atenção. Pelo ângulo, os vídeos da segurança no máximo registrariam a entrada e saída do carro. Mas isso não seria problema, já que não haveria conexão com seu nome e ele daria um sumiço no automóvel.

Boné, óculos escuros e jaqueta jeans eram suficientes para se passar por um anônimo, impossível de ser reconhecido posteriormente. Previsível que a segurança tentasse associar a entrada e saída do veículo com a circulação no shopping. Mais uma razão para ter chegado bem cedo.

Desceu para o cinema no segundo pavimento e pegou ingresso para o filme que tivesse começado havia menos tempo. Era *Os vingadores*. Duas horas e vinte, uma explosão a cada trinta segundos, sem chance de dormir. Até que havia uns bons atores em cena, achou que o título tinha tudo a ver com sua psicopatia a serviço do bem.

Meia hora antes do fim do filme, na certeza de que o pessoal conseguiu segurar a humanidade e a Mãe Terra até o próximo episódio da franquia, voltou para a van escolar, fone de ouvido, tinha uma *playlist* para a ocasião, composta da mesma música em duas versões, para rodar em looping: "Fanfare for the Common Man", do Aaron Copland. Uma com a Orquestra Filarmônica de Nova York, outra com Emerson, Lake & Palmer. Não funcionou. Essa melodia tem quatro minutos e onze segundos, o rock 'n' roll com teclados alucinantes tem oito minutos e cinquenta e cinco segundos. Na terceira rodada, arrancou os fones de ouvido para não ficar doido. De vez. Aguardar em silêncio.

Atenção! Eis que surgiram, na laje, dois jovens negros sem camisa, reluzentes correntes douradas no pescoço, a luz a seu favor. Deviam ser seguranças, deram uma geral, surge Piolho. Não poderia ser alvo mais fácil, com um boné dos Acadêmicos da Rocinha, faixas verde berrante e azul de metileno apontando para um troço que parecia ser uma borboleta estilizada bem no meio da testa. Sentou-se lá, bem longe, mas providencialmente de frente para Pedro. Seu cérebro desajustado — as livres associações só se expandiam — viajou: mirar no inseto borboleta para acertar o cérebro do inseto Piolho.

Pela bandeira do Flamengo paradona na casa ao lado era possível deduzir que não estava ventando. Molhou o indicador com cuspe e verificou que, no terraço do estacionamento, o ar também estava paradão.

Imaginava que estaria em estado de grande excitação, nem uma gotinha de suor na testa, fez o foco... atravessou seu campo de visão Targino, que logo se sentou numa cadeira de lado, deixando a borboleta exposta para o disparo. Por que, diabos, uma borboleta como símbolo da favela da Rocinha? Parou! Parou! Concentração: encaixou carinhosamente o fuzil no ombro, colou seu rosto, última regulada no foco, dedo enroscando o gatilho com suavidade, Piolho se inclinou para dar mais uma bicada na cerveja, prendeu a respiração e... o que viu do outro lado não era mais o traficante. Era a imagem do pequeno bebê sendo amamentado no seio materno na Lagoa. Piolho fora um bebê. Será que teve mãe? Claro que teve, tinha ainda? Talvez um bebê esperando em casa? Alguém choraria por ele. Por mais que uma criatura seja hedionda, sempre haverá alguém que a ame. Paciência, a sentença de morte dele já estava racionalmente assinada por Pedro havia dias. A vista desembaçou, a borboleta ressurgiu faiscante, pareceu bater asas, voltou a pressionar o gatilho. Mais uma vez, a mesma fisgada na fronte e o apagão do desmaio.

Frações de segundo, apenas para ele se indignar com sua fraqueza e retomar a ação. Só que o que apareceu do outro lado da luneta era aterrorizador. Um homem com capuz ninja, uma balaclava que anunciava que iria ser feio, entrou rapidamente e com tranquilidade descarregou um revólver grande na cabeça do Piolho, que virou uma massa deformada de miolo branco, sangue, trapos verdes, azuis e brancos. A borboleta virou mingau.

Em seguida, chegaram dois homens fardados como policiais militares. Um deles trouxe, em cada mão, as cabeças dos seguranças do traficante. O segundo entregou um saco de supermercado a Targino. Enquanto seu colega de enfermaria começava a contar os dólares, o mesmo algoz de Piolho saltou como um gato por detrás dele e, num golpe seco, cortou sua jugular com um facão, provocando um jato de sangue que atingiu a parede caiada do outro lado do restaurante.

Não esperou nem os rápidos estertores de Targino. Coração a mil, prendeu o vidro traseiro, pulou para o assento do motorista e dirigiu para fora do shopping, em velocidade reduzida, para não chamar atenção nem derrubar uma pilastra, o estacionamento parecia um paliteiro.

Já fora do centro comercial, não resistiu em olhar para trás e ver a favela, onde um rolo encorpado de fumaça preta se elevava manchando os céus da Rocinha. Essa versão carioca do cogumelo atômico era um comunicado de que o cadáver de Piolho estava sendo carbonizado com pneus. O famoso "micro-ondas", a tecnologia que a bandidagem carioca inventou para não deixar sobras.

Já a quilômetros da favela, seu corpo e sua alma, os cabelos, podia sentir, estavam impregnados da fumaça feita de borracha, querosene e carne de Piolho, que mesmo intangível e longínqua parecia borbotar invisível pelas canaletas com palhetas quebradas do ar-condicionado do carro velho, que ainda contribuía nesse festival de maus odores com futum catinguento de diesel queimado. Em vez de brisa fresca, despejavam essa essência repulsiva em vapor quente que provocava esgares de nojo nos músculos da sua face e refluxos de restos de comida que ainda boiavam no seu estômago.

Pedro deu uma porrada firme com a mão direita no assento do banco do carona, atingindo, sem querer, o estojo da arma inútil. Da caixa revestida de curvim preto, abriu-se um pequeno compartimento em que nunca reparara. Provavelmente para guardar munição extra, só que ocultava uma bagana fumada até a metade, em tamanho mais do que suficiente para uma boa onda.

Num ato reflexo, a mão dolorida de Pedro levou o cigarro de maconha à boca, imediatamente aceso com o isqueiro do painel que, por milagre, não negou fogo.

Encheu ao máximo os pulmões com uma puxada vigorosa de emanação de *cannabis sativa* da melhor qualidade, grande Targino, obliterando a passagem de oxigênio e transformando seu pensamento num mingau letárgico.

Nossa, Pedro falou com Pedro, maconha é um troço muito bom, divino. E vem um lampejo em direção ao fosso na sua memória capenga. Maconha... Devia ter outro bagulhos misturados, a viagem foi longa em tempo e espaço... Sim, ele agora estava dentro do Palácio de Buckingham, Inglaterra, Londres, passado remoto, como testemunha de um estranho episódio.

Sir Walter Raleigh, nascido por volta de 1550 — nada dessa época é muito preciso, mas exatidão não é o que importa nesse caso —, foi um explorador, espião, escritor e poeta britânico.

Uma figura das mais complexas que, de queridinho da rainha Elizabeth I, primeira das Elizabeths, acabou decapitado na Torre de Londres por Jaime VI da Escócia e I de Inglaterra. Acusado de traição, num julgamento que os historiadores consideram injusto. Nada nessa época era muito justo.

Nos seus tempos de glória, casou-se secretamente e logo engravidou uma dama de companhia e homônima da rainha. Esta, tão logo soube do imperdoável malfeito, ordenou imediatamente sua prisão na mesma torre onde seria executado em outro reinado. Em pouco tempo, Raleigh logo voltou à boa graça da rainha. A verdade é que Elizabeth I era encantada por aquele homem de gestos grosseiros, ações violentas e poeta sedutor de tão tosco.

Protagonista de grandes façanhas na expansão de colônias, Raleigh esteve até na costa do Brasil, comandando uma expedição em busca de escravos, especiarias e produtos da Floresta Amazônica. Alardeou ter encontrado o tão buscado Eldorado na região do delta do rio Orinoco, na Venezuela, conforme seu fantasioso relato da viagem.

Não bastassem tantas aventuras, já teria entrado para a história por ter trazido para seu país a batata. Na origem, a batata-inglesa era mesmo espanhola.

No entanto, para muitos, sua grande proeza foi ter introduzido o fumo do Novo Mundo na Europa. Para o bem e para o mal. Até os Beatles praguejam contra seu nome em "I'm so tired". Durante a gravação do *White Album*, o médico advertiu John de que o cigarro estava acabando com seu pulmão, levando sua voz junto.

Hoje o tabaco é tratado como um câncer, por provocar essa mesma doença, mas na época virou coqueluche na aristocracia.

Era muito chique encontrar-se nos salões para trocar baforadas, entre goles de conhaque e licores, com música de câmara ao fundo.

Em pouco tempo verificou-se que a concentração dos fumantes num só ambiente — imagine-se a qualidade do tabaco consumido à época, ao menos livre do tratamento químico dos dias de hoje — afetava o brilho das cores lápis-lazúli e rosa, típicos da construção, assim como danificava a *scagliola* das vistosas colunas de estuque de pó de mármore.

Uma grande sala foi reservada apenas para esse ritual tabagista.

E foi num desses encontros cerimoniosos que, tão logo Raleigh deu uma longa tragada, soprando uma nuvem branca e cheirosa na direção dos afrescos do teto do palácio, a rainha perguntou, num tom bem desafiador, a um homem que posava como sábio conhecedor de tudo:

— Quanto pesa a fumaça?

Devia haver alguma mistura batizando a erva, a qual Pedro inalara feito um aspirador de pó turbinado, que puxa pó e o que tiver pela frente, porque ele se viu presente na cena, um dos aristocratas no salão, boina oitavada, bata e gibão, mais apropriado dizer que era um *jerkin* de veludo roxo, bainha sem a espada presa num cinturão de prata. Não se fica armado diante de uma rainha.

Pedro costumava ter dois tipos de sonhos. Na primeira categoria, tinha meio que noção de que se tratava do inconsciente lavando roupa suja por simbolismos oníricos, uma testemunha oculta atrás da porta das gavetas que arrumava enquanto dormia. Na segunda, a que mais o impressionava, e, independentemente do roteiro, nem precisava ser pesadelo, que eram raros, vestia o mesmo personagem, sem fazer a menor ideia de que o capítulo era uma maquinação da complexa estrutura imaterial do que achamos que opera geograficamente dentro da cachola, que carregamos no alto do corpo. Pedro tinha a certeza de que estava presente no irreal colóquio real. E nem sonhando estava!

Sua Majestade, a deles, impacientou-se com a demora de Raleigh em terminar a longuíssima tragada e voltou a arguir, dessa vez numa entonação cortante como uma lâmina afiada (boa parte dos convivas não se conteve e levou a mão ao pescoço).

Mesmo doidão, era real demais para se situar nessa viagem, João, Hans, Pedro, o dom Whatever aristocrata do império onde o sol nunca se punha, recorreu ao retrovisor de espelho descascado do velho Renault nas últimas. Na mancha, quem aparecia protegendo a garganta era o personagem da residência oficial da monarca. O campo focal se abre, há um curto *rewind* e volta a interpelação da rainha virgem:

— A fumaça, quanto pesa, *my wise milord*???

Em meio ao burburinho na corte, dessa feita Raleigh nem titubeou. Determinou que trouxessem uma balança de ourives.

Num dos pratos, depositou uma cigarrilha inteira intacta. Acendeu uma outra, e fumando lentamente, foi colocando, com cuidado, as cinzas no outro prato, até a última brasa chegar à piteira. Quebrou o silêncio:

— A diferença é a fumaça.

Depois do "ooooh!" coletivo, Sua Alteza indagou, com mais veemência:

— Então esse método também seria válido para se calcular o peso da alma humana?

Raleigh fez mesuras, exagerando nos rapapés, diante da rainha. E deixou o recinto, sem resposta.

O efeito da sua maconha estava passando e caiu a ficha. Essa história fora outro vídeo a que assistira na maldita sala de espera da clínica médica. Só que, estava muito claro, durante o atraso logo na primeira consulta.

Raleigh e sua fumaça foram bem antes do João suíço Hans picolé, este, sim, ainda o marco do início do seu período de esquecimento. Que se mantinha intransponível.

Mais chocante foi concluir que a sala de espera de médico havia se transformado na sua cinemateca mais contumaz nos últimos tempos, seja lá que tempo era.

I'm so tired, I haven't slept a wink.
I'm so tired, my mind is on the blink.
I wonder should I get up and fix myself a drink
No, no, no.

I'm so tired, I'm feeling so upset
Although I'm so tired, I'll have another cigarette
And curse Sir Walter Raleigh.
He was such a stupid get[***]

De Piolho a Beatle.
Louse in the Sky with John.
No, no, no.

[***] "Estou tão cansado, eu nem pisquei./ Estou tão cansado, minha mente está enguiçada/ Eu imagino se devo levantar e preparar uma bebida para mim/ Não, não, não.// Estou tão cansado, estou me sentindo tão perturbado/ Embora eu esteja tão cansado, pegarei mais um cigarro/ E amaldiçoarei Sir Walter Raleigh./ Ele era tão estúpido." (Tradução livre)

Eduarda Cristina também tinha um episódio obscuro no seu passado. Um filme de terror que espalhava sua sombra sinistra, de tempos em tempos, havia quase duas décadas.

Ela acordava sobressaltada, de madrugada, empapada em suor, sem noção de espaço ou tempo, como num jet lag de voo do Extremo Oriente para esse buraco aqui, com as mesmas características, descompensação horária, disritmia cardíaca, olhar embaçado, essas coisas.

No pesadelo, ela estava voltando de táxi, que parou de supetão, ao primeiro sinal, em frente ao Bar Lagoa, onde estava atracada a tulipas de chope com os amigos, Heloisa estava com ela, foram pelo Corte do Cantagalo para a amiga saltar antes, em Copacabana. Assim que Lolô sai, ela diz o endereço do seu destino final. Logo percebe que o motorista está indo para outra direção. Veículo com interior escuro, ela tem a impressão de que a foto do registro no painel não bate como o rosto que consegue, nervosa, vislumbrar na nesga do retrovisor, muito inclinado, como se o motorista não quisesse mesmo ser olhado. No entanto, o olhar de olho miúdo e com centelha de queimar na pele ficou marcado como um carimbo de ferro em brasa na sua inquietude perpétua.

O carro começa a subir por uma ladeira de paralelepípedo suspeita, com pinta de Santa Tereza, um bairro que varia entre o bucólico e um tortuoso labirinto para o inferno.

Ela fica repetindo "Ei, não é por aí", "Moço, o caminho está errado", até que grita alto: "Pare o carro!".

A freada brusca, ela só se lembra do desgraçado se virando feito um raio, desferindo um soco preciso na sua testa.

Acordou caída na calçada, dor no corpo e mais forte na cabeça, resultante do baque nas pedras e da agressão.

Grogue, vagou ladeira abaixo, até hoje não tem a menor ideia de como conseguiu chegar em casa.

Só se recorda de ter reparado que estava sem calcinha, chance zero de ter ido para a noite desse jeito. Entrou de madrugada embaixo da ducha escaldante do chuveiro, tentando se limpar de um sujeira invisível.

Fora estuprada, era sua certeza.

Dentro da lógica do opressor, lamentou-se por ter bebido além da conta e por ter subido em quase um palmo a bainha da minissaia, logo ela que não gostava de se expor, mesmo sob as críticas das amigas que insistiam que deveria valorizar suas coxas rijas, debochando ainda dos decotes que escondiam os volumes paralelos do seu belo par de peitos. Valorizar?

Que ódio! Pela primeira vez desejou matar alguém, danem-se os direitos humanos. Publicamente, jamais, mas passou a defender a castração química.

Ódio maior foi porque sua mãe tratou o caso como um delírio de bêbada, sem deixar de criticá-la por ter enchido a cara e pela roupa que remetia a garotas de programa. — Prostituta tem uniforme? — questionava, aos gritos.

— Olhe-se no espelho — devolvia docemente sua mãe.

A situação ficou ainda mais confusa, uma vez que a ginecologista não achou nenhum sinal de agressão, criticou-a por ter se lavado de modo tão intenso antes do exame, sem descartar totalmente a hipótese. Afinal, ela voltara com o relógio, o telefone celular, as joias, nada de exuberante, e a carteira com dinheiro e cartões. Por que um motorista iria agredi-la assim, à toa?

Por via das dúvidas, tomou o coquetel antirretroviral e a pílula do dia seguinte, mesmo sem estar em período fértil.

Dormir, que é bom, não conseguia mais, com a cena violentando sua cabeça, tão logo encostava no travesseiro.

O jeito foi Frontal, o nome de fantasia de disfarce da substância Alprazolam, um comprimido de 0,25 miligrama, suficiente para devolvê-la aos braços de Morfeu, deus grego dos sonhos, muito mais interessante do que um taxista tarado repugnante, mesmo em embalagem onírica.

A indústria farmacêutica foi dissipando a realidade-pesadelo-realidade, até que viu o destaque na primeira página de todos os jornais estampados na banca da esquina:

Morto taxista acusado de dez estupros

O motorista de táxi Carlos dos Santos, trinta e sete anos, foi encontrado morto dentro do veículo de sua propriedade, na Ladeira de Santa Tereza, perto do número 245. O carro estava com o motor ligado e chamou a atenção dos passantes pela posição do corpo sobre o volante. O rosto de Carlos dos Santos corresponde ao retrato-falado feito por pelo menos dez vítimas de estupro em veículo do mesmo modelo e na mesma região. A perícia constatou que ele foi atingido várias vezes com um objeto perfurante na nuca, tendo morte instantânea. O inspetor Ely Moreira, encarregado do caso, levantou a hipótese de o taxista ter sido alvo de vingança por uma mulher atacada anteriormente. Ela teria preparado uma espécie de tocaia, em locais onde ele costumava pegar suas vítimas, até ser atendida por ele, e executado sua retaliação.

Página 12

Nas reportagens internas, as fotos do morto eram de difícil comparação, pois a foto do registro plastificado no painel sem dúvida era falsa. Todavia, o olhar malévolo era o mesmíssimo que refletia no canto do retrovisor, era penoso admitir que Lombroso tinha uma certa razão, e, na sequência do politicamente incorreto, Eduarda Cristina comemorou o epílogo destinado àquela criatura desprezível.

Gostaria de cumprimentar a mulher — certamente fora uma — que provou da forma mais cabal que mexeu com uma, mexeu com todas.

Ao mesmo tempo que só havia motivo para comemorar, a comporta rompeu-se: ela mesma, que vivia torcendo para que o ataque sexual tivesse sido resultado apenas de um surto psicótico movido a muita Schincariol aguada, dissipava toda dúvida interna.

Fora mesmo molestada, era agora sua convicção.

O Frontal subiu para 2,0 miligramas, o que acabou piorando a situação.

Uma manhã, ao sair para a caminhada na Lagoa, quando estava para trancar a porta pelo lado de fora, deu de cara com Carlos dos Santos andando, passos largos, pelo corredor na sua direção.

Aos gritos, voltou em disparada para dentro do apartamento, e só foi segura pelas pernas pelo faxineiro diarista, o septuagenário Evanildo, quando estava meio corpo para fora do basculante do banheiro, naquilo que seria um voo para o além, com estágio no pátio interno do edifício Sonata da Lagoa.

Cortou o Frontal, aumentou a análise temporariamente para três vezes por semana e até Uber passou a usar sem temor algum.

Aliás, nem entendeu por que logo agora, a milímetros que não se medem para abrir a tal porta da felicidade, essa história resolveu se revirar sob as cobertas do passado.

Mau presságio? Bobagem. Delírios eram até bem-vindos, superstição é sem noção.

Ao que uma eloquente voz interna, tipo "Compre Batom", reduz Eduarda Cristina a um estado de sonambulismo catatônico que a faz caminhar até o banheiro em direção àquele recôndito orifício que, sabe-se lá o motivo, deixam aberto na parte de trás da porcelana da privada (certamente não foi pensado como cofre), e sacar o velho conhecido e empoeirado frasco de Frontal, tarja preta esmaecida, pílulas amarelas desbotadas. Lá ficara como um s.o.s., boia de salvação, com míseros cinco comprimidos, marcados com uma pouco estimulante cruz entalhada dividindo cada um em quarto, prazo de validade vencido havia quase duas décadas. A previsível perda de efeito foi o que a inspirou a virar todo o conteúdo do frasco de plástico goela abaixo. Que, obviamente, entupiu diante de tamanho volume a seco.

Acelera o ritmo e alcança a garrafa com um restinho de chardonnay, abandonada, aberta, no aparador da sala ao lado de uma espantada escultura réplica de uma bailarina do Degas.

Melhor se misturasse Adderall junto. Com Tramal. Melhoral. *All*.

O líquido quente e avinagrado cumpriu a tarefa de empurrar tudo abaixo antes da asfixia que se aproximava. Provavelmente, pensou, até ajudaria a atrair com mais entusiasmo o sono.

O problema, considerou sem maiores temores, era saber se, com essa mistureba toda, Eduarda Cristina voltaria a acordar.

Um dilema que poderia ser resolvido com um dedo enfiado bem fundo na garganta, mas que ela decidiu entregar ao destino, deixando para pensar na vida na manhã seguinte, se houvesse uma.

E que os primeiros finos raios de sol, abrindo seus caminhos matinais por frestas de cortina mal fechada, dirimiram bem cedinho, ofuscando pálpebras sonolentas, no começo de um sábado que ganhava novo sentido pelo simples fato de existir.

O sábado e a Eduarda Cristina.

No caminho para o Recreio dos Bandeirantes — imagine que bandeirante se recreava neste perigoso fim de mundo —, depois que a fumaça evaporou das suas ideias, Pedro foi jogando as peças do rifle no mar e na Lagoa de Marapendi. Estacionou no acostamento, pisca-pisca ligado, van escolar, quem iria perturbar? Esperou o anoitecer e chegou a um terreno baldio, cheio de lixo, muito comum na região. Um minilixão.

Usou o boné como bucha, enfiando-o na boca que leva ao tanque de gasolina. Queimar o veículo estava dentro do programado, trazia um isqueiro para isso. Como o tanque estava bem cheio, a chama no pano chegou logo ao combustível. Pedro correu o mais rápido possível para escapar da explosão, que aconteceu logo em seguida.

A uma distância segura, testemunhou o que fora um meio de transporte transformar-se em ferragem queimada. E a revoada atônita dos urubus que se abrigavam numa árvore próxima. No lusco-fusco do entardecer, não deixava de ser um visual deslumbrante.

Pitágoras dos Santos dirigia uma picape velha para o mercado público Inácio Sales de Queirós, na pacata Parari, a menor cidade da Paraíba. Tinha vinte e seis anos quando sua mulher, Dulcineia, morreu no parto do seu primeiro filho. A parteira se atrapalhou com alguma dificuldade, a mãe sangrou inconsciente sem nem conhecer o ser que ficara nove meses dentro dela.

Pitágoras, que vivia insistindo com a mulher para irem tentar a sorte no Sul, nem ficou para o enterro. Enrolou o bebê em uns panos, foi ao mercado e pegou um estoque de leite de cabra, rumou com a picape até a rodoviária mais próxima e enfrentaram quase três dias de ônibus, com as paradas necessárias, até o terminal rodoviário Novo Rio. Diferentemente do mau agouro das vizinhas faladeiras, o bebê sobreviveu e muito bem com leite caprino.

Com um endereço anotado a lápis num papel de pão, arrumou uma van de miliciano, com o pouco dinheiro que juntara, para chegar próximo à casa, um barraco na favela do Tuiuti, em São Cristóvão.

Lá morava um primo, Hegesias, que o acolheu com o pequeno filho com a generosidade típica de quem não tem nada de sobra a oferecer. Era Hegesias quem insistia havia anos, por cartas de papel e raros telefonemas picotados, que ele deveria vir para o Rio. Mesmo do jeito que está, o Rio é um paraíso para uma legião de miseráveis. Para esses nordestinos, a Cidade Maravilhosa, loteada por políticos bandidos e bandidos políticos, era um salto para a civilização.

Além de abrigo, o parente conseguiu que a criança passasse a dividir, sem pagar, o peito de uma vizinha que também acabara de parir. Pitágoras arrumou emprego de motorista do caminhão de entrega da Nevaska, fábrica e comércio de gelo, cujo símbolo era um pinguim com cachecol, tradicional na região. Vende-se muito gelo no Rio.

Pitágoras e o filho eram muito unidos.

Ele às vezes levava o garoto como carona nas entregas, o moleque sempre insistindo para que ele repetisse suas duas histórias prediletas.

Pitágoras contava que um dia estava recolhendo cabras no alto de um murundu, finzinho de tarde, quando desabou uma baita tempestade de neve, que descambou para uma chuva de granizo. Teve que correr muito e tocar o rebanho para escapar da ira dos céus. De qualquer forma, um bode foi abatido, logo o velho Ptolomeu, seu preferido, o primeiro da criação, com uma pedrada de gelo do tamanho de uma bola de sinuca. O guri nem fazia noção de que a temperatura média na região, mesmo no inverno, que lá não existe, é de trinta e dois graus à sombra, e só faz aumentar com a mudança climática, mas prendia o riso diante de tamanha lorota. Só podia ser imaginação destilada na cachaça, era chegado, nunca no serviço. Uma risada ali e seria surra de cinto, com fivela. Vá lá mangar da palavra do pai. Já grandinho, não encontrou registro algum de neve na Paraíba, mas continuava pedindo a repetição do episódio, só para agradar ao velho.

A outra era mais plausível, se bem que...

Pitágoras contava que, depois de três noites, madrugada adentro de tocaia, deu cabo de um grande cachorro-do-mato, que andava aniquilando a coelhada, outro bicho que criava para ajudar no sustento, além da mixaria como motorista. Até aí, tudo bem. Só que Pitágoras, que às vezes batizava a fera de lobo-guará, descrevia o animal medonho como tendo o tamanho de uma moto de trezentos e cinquenta cilindradas. E se gabava de ter arrebentado com o furioso carnívoro sentando-lhe a cara com o cabo de uma vassoura de piaçava, igualmente destroçada ao final da refrega épica. E sem ter sofrido um só arranhão.

Um detalhe que deixava Pitágoras de olhos esbugalhados neste trecho da prosa. Durante o combate mortal, um pica-pau surgiu do nada, investindo feito foguete com bicadas certeiras no cocuruto da besta.

Não provocava dano significativo, mas ajudavam a desnortear o perigoso animal, o suficiente para o caboclo de nome grego desferir vigorosas vassouradas.

Pitágoras nunca ouvira falar de Prokofiev ou Disney para transformar a batalha no "Pedro e o Lobo" do Nordeste.

Ao final, o passarinho pousou por instantes, ainda atacando o corpo da fera morta, e bateu asas para nunca mais voltar.

O estrago foi tamanho que a intenção de empalhar foi descartada de pronto pelo João da Padaria, taxidermista por hobby. Nem Pitanguy daria um jeito no cadáver esfacelado do cachorro selvagem, que acabou torrado em fogo de querosene, para evitar o cheiro. *Der Nordosten Wolf.*

Essa, o filho engolia sem pestanejar, sempre com direito a um abraço lacrimejante de orgulho. E, toda vez que via um pica-pau, pensava no aliado do velho na peleja que virou lenda e chegou a inspirar um folheto de cordel, até que este acabou devorado pelas presas afiadas do tempo.

Assim foi, sossegado, por vinte anos, até que um dia, durante a descarga, Pitágoras não se deu conta de que estacionara num declive, e as barras de gelo deslizaram, todas, feito uma avalanche dura, assim que abriu a porta traseira.

Ficou soterrado por dezenas de quilos de água congelada, o que lhe custou a amputação das duas pernas. E isso também lhe custou o emprego. A essa altura, já moravam num barraco próprio alugado. Hegesias sumira do bairro devido a um problema nunca explicado direito (jamais tocavam no assunto) com um chefe do tráfico da área.

O filho, já grande e sem perspectiva de trabalho, acabou aceitando o insistente convite para participar do roubo de um carro. O primeiro, mais um, assim foi.

Ele notou que o risco não compensava, sugeriu e montou uma oficina mecânica para dar uma garibada nos automóveis roubados, aumentando o valor de revenda e criando boa clientela.

O chefão do pedaço acompanhou a reengenharia do negócio, viu que o paraibano tinha tino comercial, distribuição e recursos humanos e, depois de simular uma compra de difícil negociação, convidou o então proprietário da loja de automóveis mais próspera do Tuiuti para ser seu gerente no tráfico. Precisava de alguém que fosse bom de números.

O traficante era o Piolho.

O órfão da Paraíba que daria seu grande salto profissional para ficar bem de vida era Targino.

Logo Targino cresceu na hierarquia da facção, a primeira gratificação caprichada usou para comprar uma cadeira de rodas elétrica para seu pai, que jamais colocou o traseiro nela. Praguejou que nunca usaria algo vindo do crime e continuou se arrastando até o final da vida com as velhas muletas que acabavam com seu sovaco. Seguindo a tradição familiar, Pitágoras escolhera para o filho um nome grego.

Targino, pela falimentar Wikipédia, quer dizer "confiança" e "coragem".

"Muita compaixão e amor para dar, é capaz de passar a vida fazendo o bem pelas pessoas, chega até a se esquecer de que também é uma pessoa que pode precisar de receber ajuda e amor. Muito cuidado, ao agir assim pode tornar-se um mártir, a aura de santidade é algo que já possui. Cultiva a arte de ser um verdadeiro bom amigo, já que amizade é de grande importância na sua vida."

Era um bom retrato de Targino.

Pedro, lá viajando nas fumaças de Piolho e Targino, é quem fora aquilo que se poderia chamar de amigo.

Amigo de verdade, para valer. Amigo pessoa física. Suas outras amizades eram pessoa jurídica. Nos estudos, no social, no trabalho, as pessoas se importam mesmo é com o CPF e o CEP dos outros.

Dera uma mão para Targino, nada de mais, e este se mostrou fiel a ponto de dar a vida. Sem nunca perguntar seu nome ou origem.

Pedro pouco soube da vida dele. Sua biografia não estava disponível nas redes. Num momento em que ficara sozinho com Cuco é que soube da história, contada às pressas.

Deixava família?

Todos deixam.

A morte só acontece mesmo quando se vai a última testemunha de que o morto existiu.

Pedro andou muito até achar um táxi, um que se dispusesse a pegar passageiro em local tão ermo. Muitos passaram, sem passageiro, direto.

Só quando, dois quarteirões antes do seu prédio, não iria dar mole em nenhum detalhe, foi pegar o dinheiro para pagar a corrida se deu conta de que a luneta estava no bolso frontal da jaqueta. Mecanicamente, foi a primeira peça que desmontou antes de fugir. Melhor guardá-la a deixar no táxi. Mesmo sem impressões digitais, hoje há o recurso de exame de DNA.

O "muito agradecido, boa noite" do velho motorista, encantado com a gorjeta, tinha forte sotaque português. Seria o Manoel?

Esse negócio de matar os outros é excitante, atraente, mas exige que não se sinta culpa quando é premeditado. As picadas agudas na cabeça, deduziu, eram tipo um alarme do seu ego gritando "Não, id!", sob a forma de uma perturbante cefaleia braba e fulminante.

Seus supostos superpoderes para a perversão e transgressão batiam no muro de kriptonita verde do Superego.

Por ora, a maior perversidade que poderia praticar era o livro. Aquela história de fabricar, com dinheiro, um grande sucesso editorial com um autor inexistente, só para zombar, mesmo que intimamente, da *intelligentsia* brasileira. Se é que essas duas palavras são compatíveis.

Ao teclado!

CERCA DE DUZENTAS PESSOAS ARRASADAS, JUNTAS NUM MAGNETISMO IMANTADO POR DOR E CONSTERNAÇÃO, NÃO CONSEGUIAM DEIXAR O PÁTIO NA SAÍDA DO CEMITÉRIO. *Os caixões tinham sido baixados havia certo tempo e os dois grupos continuavam circulando entre si, como que tentando buscar uma explicação para o inexplicável.*

Muita coincidência, na ficção seria difícil engendrar tamanha fatalidade.

Carlos namorava Carla — mais do que coincidência, destino de almas gêmeas, proclamavam — nem fazia um mês completo. Tanto os dois quanto seus amigos viram ali o tal raro amor eterno. Existe.

Mesmo com um relacionamento tão curto, já haviam marcado casamento, igreja reservada, vestido de noiva encomendado, começariam a distribuir os convites. Lua de mel na Toscana, já estavam com a viagem organizada.

Nesse clima de romance mágico, o casal resolveu aproximar dois maiores amigos, conspirando até por um duplo casamento.

Do lado de Carlos, seria seu irmão Ricardo, um ano mais moço. Além do fraterno parentesco, Ricardo era tudo para Carlos. E o mano mais jovem tinha até ascendência sobre o mais velho. Eram muito parecidos, a grande diferença eram os olhos. Carlos tinha olhos negros de jabuticaba, os de Ricardo eram castanhos, claros como mel.

Carla levaria Fernanda, grande amiga de faculdade, a quem amava mais do que à sua irmã.

O encontro formal da nova dupla se daria num jantar, no mesmo local onde os dois pombinhos se conheceram acidentalmente. Ela saía do teatro com amigas, ele voltava de um jogo no Maracanã com sua galera.

Um lugar descolado sem ser caríssimo, meio cult, que acabou compondo o ar romântico que temperou logo a primeira troca de olhares.

Carlos levaria Ricardo; Fernanda, que tinha carro, conduziria Carla, para só se encontrarem em torno da mesa.

Como o horário combinado era o mesmo, os carros acabaram se aproximando na esquina do Cervantes. Fernanda piscava o farol para alertar os meninos que estavam coladas atrás, quando o ônibus vindo do túnel, na curva de entrada da Barata Ribeiro, perdeu o freio e a direção, atingindo em velocidade os dois veículos.

O motorista do coletivo, quarenta anos na praça, sem um só acidente no prontuário, a uma semana da aposentadoria a contragosto, tombou desmaiado com uma crise de pressão alta, assim que saiu do volante e viu o estrago.

Teve que ser levado numa ambulância.

O choque, pela esquerda, os motoristas. Carlos e Fernanda formaram um casal trocado, no asfalto, cobertos pelo mesmo lençol.

O mais chocante foi que o veículo de Carlos se incendiou segundos após o impacto. Os peritos asseguraram aos pais que ele morrera instantaneamente, com traumatismo craniano. Seu caixão teve que permanecer fechado, pois o corpo ficara carbonizado.

Sua mãe providenciou uma ampliação e pôs sobre o visor do ataúde a foto de um close da formatura dele, a sua predileta do seu menino, para que as pessoas tivessem o que olhar na despedida.

No clima pesado que exalava das grades do grande portão de bronze do São João Batista, deu-se o impensável.

Ricardo avançou na direção de Carla, que também seguiu para ele.

Em meio à clareira que se abriu, os dois se fundiram num abraço comovente.

Tão demorado que Carla sentiu na boca as lágrimas do irmão do noivo que se foi.

E Ricardo passou a pulsar no mesmo ritmo trêmulo e quente da noiva do irmão morto.

Alheios aos chamados sussurrantes, os dois se afastaram, de mãos dadas, até ficarem longe das vistas dos entristecidos parentes e amigos dos mortos.

Subiram, à esquerda, a rua General Polidoro, em direção à São Clemente. Ao sinal vermelho, na esquina Nelson Mandela, o primeiro beijo voluptuoso, sem que os lábios sequer se roçassem. Bocas se consumindo. Intenso, à forte luz do dia, em pleno sol, provocando sorrisos extasiados e maliciosos de motoristas, passageiros e transeuntes, que nem de longe poderiam imaginar a origem desse idílio.

Atravessaram e subiram a rua, agora abraçados, e a oitocentos metros, que mais pareceram um infinito incansável, eis a luminária discreta dos dois ursinhos pandas. O motel que desfila mensagens safadas grosseiras na traseira dos ônibus da cidade.

O estabelecimento comercial para sexo rápido, clandestino e fugidio seria o altar da maior paixão jamais vista na Terra.

Só quando a recepcionista avisou que estouraria o segundo período de permanência é que o novo casal resolveu partir.

Ao gritar "Livre?" para o táxi amarelo caindo aos pedaços pelo asfalto combalido, a mente de Ricardo recuperou um suposto "Carlos" balbuciado por Carla no orgasmo supremo. Fora Ricardo, com certeza, nomes que se confundem, ainda mais em pleno gozo.

Sim, livre, embarcaram.

O encontro de espíritos correspondeu às necessidades dos corpos, assim como aconteceu com os amigos recém-enterrados, veio, enquanto havia vida, a certeza de que nasceram um para o outro.

De lá, seguiram para o mesmo local, onde seria o encontro que terminou em tragédia.

Dividindo o mesmo sanduíche, com a fome que vem depois do amor, decidiram se casar. Na mesma data. Na mesma igreja, já reservada. Com o mesmo vestido em confecção. E também iriam para a Toscana.

Estavam prontos para enfrentar a provável forte reação de familiares e amigos.

Carlos, com certeza, abençoaria a decisão do querido irmão.

E assim foi.

Uma semana após a missa de um mês pelos mortos, em duas celebrações que exigiram logística dos amigos em comum, Carla entrava, radiante, na pequena capela da Casa Santa Ignez, na Gávea, para receber Ricardo como seu marido.

Ricardo se surpreendeu com a rapidez no anúncio da gravidez de Carla. Mas, claro, comemorou, ainda mais com a vinda de um filho homem.

A criança nasceu com uma incrível semelhança com o irmão morto. Os olhos iguais.

Os parentes e amigos sempre comentavam o quanto o menino Alexandre lembrava o falecido Carlos. Não só fisicamente, mas no jeito de se comportar e sorrir.

Ricardo via isso como uma homenagem ao irmão morto.

Até que, seis anos depois, no leito de morte, sua mãe, Judite, revelou a Ricardo que ele era filho adotivo.

Complicações no parto de Carlos tornaram impossível a vinda de outro filho. Ela e seu marido, Geraldo, concordaram em adotar uma criança. Acabaram optando pelo filho de uma empregada, que resolveu abandonar o bebê e voltar para o Nordeste.

Ricardo nada revelou a Carla. Com a morte da mãe de criação, seria um segredo só seu.

Migalhas da insegurança vão alimentando, de forma cada vez mais doentia, seus ciúmes por Carla, contra um rival imbatível, pois já morto.

E transformou em obsessão a dúvida de que Alex era filho de um homem que nem seu irmão era, o que se somava ao ódio e desamparo por ter sido abandonado pela mãe biológ-

gica, cujo paradeiro desconhecia, pois ela sequer retornara para a família.

Os ciúmes de Ricardo ultrapassaram a memória do falso irmão — que a mulher continuou endeusando — e tornaram infernal a vida de Carla.

Ricardo passou a vigiá-la e controlá-la.

Um decote um pouco mais aberto, uma ligação telefônica subitamente interrompida, tudo virava motivo para discussões e brigas. Uma paranoia doentia, acolhida pela velha empregada da família, Devonete.

Ele finalmente descobriu que Carla dava umas escapulidas misteriosas.

Mais de uma vez tentou segui-la, mas ela dissimulou o trajeto. Trocando de táxi. Saindo rapidamente no metrô.

Um dia, Ricardo foi bem-sucedido e conseguiu acompanhá-la até Botafogo.

Não deixou de se surpreender ao vê-la entrando no Cemitério São João Batista.

Torcia para que isso não acontecesse, mas, atravessando as alamedas, encontrou Carla abraçada ao túmulo de Carlos.

Deu cinco tiros nas costas da mulher, reservando a última bala do revólver para sua própria cabeça.

FIM

Bem resumida, era a sinopse de *Das estrelas que esquecemos de contar*. Pedro ficou impressionado com a facilidade e rapidez com que escreveu sem parar. E o resultado, modéstia à parte, não ficou de todo mau. Ele esperava fazer sucesso, ter o livro vendido, como muito lixo impresso que deveria ir direto para o lixo. D.E.Q.E.D.C., ficou bem decente, melhor do que a subliteratura badalada por aí.

Era só mandar anexado para o e-mail que o saudoso dr. Thomaz havia indicado.

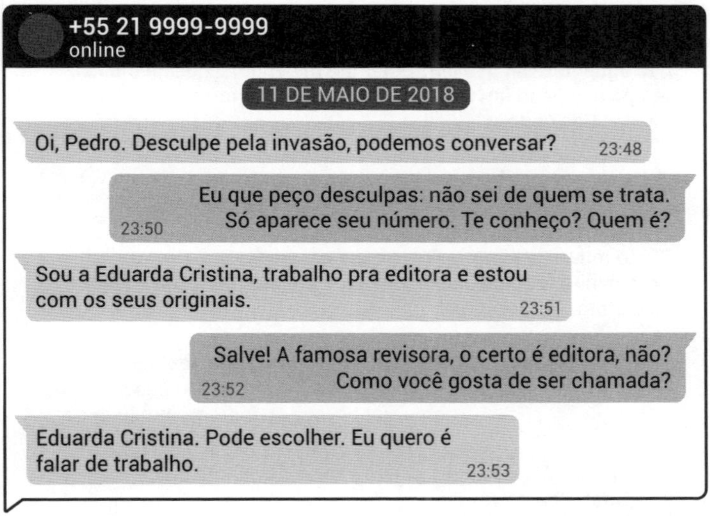

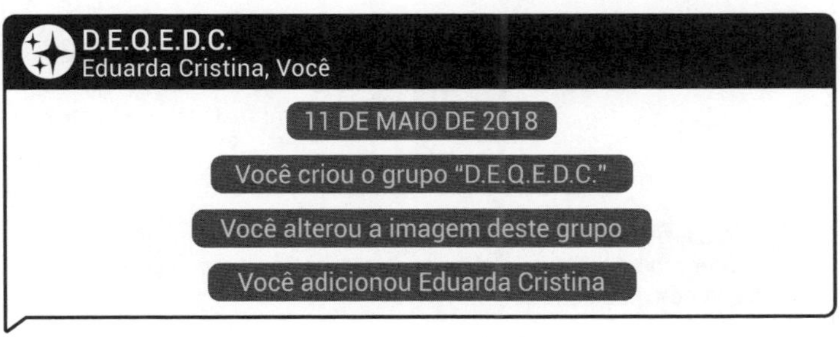

Achava essas mídias sociais uma perda de tempo. Só que agora tinha uma imensa razão, muito além de razão, um impulso de oculta origem carnal, mais do que isso, embora não fosse pouco, era o que bastava, para usar a rede.

D.E.Q.E.D.C.
Eduarda Cristina, Você

Abri logo um grupo, a gente pode manter, imagino que vamos usar para trabalho, depois a gente inclui mais gente da editora. 23:54

Eduarda Cristina digitando...

Eu não costumo falar direto com autor, muito menos trabalhar pelo WhatsApp, só que tive um estalo aqui, sábado à noite, e não aguentei. Nem deveria estar me metendo. É que há muito tempo não pego um texto que me envolva. Estou arrependida. Vacilei. Boa noite. 23:58

Não! Vai ter que me dizer. Numa boa, não vou me importar. Pode criticar. Não tenho vaidades. 23:59

Gosto muito da história. Você sabe escrever, mas vamos esquecer isso. Vai pegar até mal na editora. Esquece, vai? 00:02

Nada disso! Se você tem alguma sugestao que melhore, será uma maldade não dizer. Aproveitei e pesquisei seu nome, achei você no Instagram. Muito gata. 00:03

Que droga, não estou de bobeira zapeando. Numa boa, vou parar. Boa noite. 00:04

Por favor, não faça isso! Te peço, de coração. Pesquisar sobre você foi uma reação natural, saber com quem estou falando, você é mesmo bonita, mas o meu interesse é apenas profissional. Qual é o ponto? 00:05

Eduarda Cristina digitando...

Você fez um drama passional moderno. Um melodrama que podia ser mais classudo se flertasse mais abertamente com os clássicos. Faz sentido? 00:07

Só se eu souber a que livros está se referindo. 00:08

Primeiro, claro, Otelo! É a ode ao ciúme. Arrume um Iago. Ricardo endeusa Carla, o ciúme é por um homem morto, tem que haver alguém para envenenar de tal forma que leve ao crime. 00:09

D.E.Q.E.D.C.
Eduarda Cristina, Você

Você é ciumenta??? 00:10

Chega, boa noite. 00:11

Desculpe! Desculpe! Você estava pensando na Devonete? 00:12

Exatamente isso, a Devonete tem que ser um Iago. Está light. O leitor tem que ficar com ódio dela. Empregada mal resolvida, invejosa, o seu sentido na vida é destruir a felicidade dos outros. E faz sentido porque o Ricardo pode ver nela a figura da mãe, uma doméstica igualmente com vida miserável. 00:14

Gostei muito: pegar carona em Shakespeare! Bela sacada! Onde você mora? 00:15

Não se preocupe em parecer plágio. Até Shakespeare também recorreu aos gregos. 00:15

Muito bom! Vamos sair para conversar mais???? ;) 00:15

Não mesmo. Se você insistir nesse caminho, vou até te bloquear. E ainda comunico na editora que estou fora desse trabalho. 00:16

Desculpe, não era com outra intenção a não ser conversar sobre o livro. Papo reto profissional. Podemos continuar falando por aqui. Tudo bem. 00:17

Então, além de Otelo, dê uma olhada em Dom Casmurro! 00:18

Shakespeare... Machado de Assis... Você está enchendo a minha bola! Que tal... 00:19

Eduarda Cristina digitando...

Você foi atrás de um puta drama passional, acho que ficou com medo de radicalizar. Tem que reforçar o psicológico dos personagens. Isso que segura a trama. 00:21

Mais drama do que assassinato e suicídio em cemitério? 00:22

D.E.Q.E.D.C.
Eduarda Cristina, Você

É a única coisa de que não gosto. Desculpe, meio clichê, matar e se matar. Sem contar que virou uma velha fantasia romântica matar ou morrer por amor. Pode até indicar, mas deixa o final em suspenso. Ele descobre aonde ela vai. Pega o revólver, segue ela e fim. Deixe o leitor imaginar o desfecho. 00:24

00:25 Faz todo sentido. Como posso te agradecer?

Ricardo é o seu Bentinho. Conviver com uma mulher que ama outro, morto, é um suplício. Um rival impossível de ser derrotado. Só com a morte. Não precisa ser explicitada, só deixar em aberto. E criando um filho que acha que não é dele. Ele foi adotado. O seu amor por Alex era por relação de sangue. Carlos nem seu irmão era. O seu crescente ódio por Carla se transforma num desprezo doentio pelo coitado do Alex. Se quer radicalizar: a maior vingança é a morte da criança. 00:27

00:30 Puta que pariu! Genial!

Rebecca, a inesquecível, do Hitchcock, a governanta e o primo infernizando a vida da mocinha com as lembranças da primeira mulher do marido que morreu. Um "fantasma" de outro relacionamento que vai crescendo, minando a paixão atual é ótimo. Desculpe pelas sugestões, gosto muito da espinha dorsal do seu texto. 00:33

Vi Rebecca. Acho esquisito ficarmos teclando, preferia ouvir a sua voz... 00:34

Já pensou: ele provoca a morte do garoto. A tragédia não começa com um ônibus? Ele pode soltar a mão do menino, fazendo parecer que escapou, durante a travessia de um sinal. 00:35

Estou adorando... Seguindo a sua linha, podemos fazer com que a Devonete arrume um exame revelando que Ricardo era estéril. 00:36

Muito bom! Beleza. 00:37

Que mancada! Acelerou demais. Nem era atirado assim. Só que a moça estava mexendo muito com ele. Pedro tinha uma coisa de tesão intelectual. Ficar fissurado por mulheres que trafegam na sua zona de conhecimento. Com Eduarda Cristina bateu uma química virtual. Uma vez, fora num casamento de um casal que se conhecera num chat, até por esses aplicativos de azaração acontecia para valer.

Precisava conferir na realidade. Seria possível que de um breve diálogo remoto rolasse um paixão?

Voltou ao Instagram dela. Ela havia coincidentemente transformado o acesso em privado. Entretanto, Pedro virara seguidor antes, e ela não havia bloqueado seu nome. Como interpretar? Não sabia que tinha de expulsar os indesejados que já estavam dentro? Havia se esquecido? Era apenas uma advertência sem punição? Passeou pela timeline, num exercício erótico de voyeur, trilha inevitável no universo virtual. Era mesmo uma mulher tesuda, as roupas comportadas, que parecia usar como anteparo, para não ser chamada de gostosa. Para Pedro, mesmo que tivesse filtro, era muuuuito gostosa.

Resumindo, desejava alucinadamente Eduarda Cristina. E começara muito mal para o estilo dela. Mal mesmo.

As tentativas imediatas de reparo foram igualmente desastrosas.

Fez a múltipla babaquice — não era um babaca? — de mandar rosas para a editora. Eduarda Cristina mal passava por lá, trabalhava em casa a maior parte do tempo. Em segundo lugar, a chegada das flores causou um frisson abobalhado na turma, e Eduarda Cristina teve que aturar mensagens de zoação. Por último, ela detestava especificamente rosas, achava cafonas. Ela mandou que fossem jogadas no lixo ou depositadas na esquina, como um despacho contra "gente sem noção".

Com jeitinho, conseguiu da editora o endereço dela. Uma tocaia na porta do prédio seria assédio. Assim como, para forjar um encontro fortuito num restaurante ou cinema, bastaria segui-la.

Regressou ao WhatsApp — ela saíra do grupo, mas não o bloqueara — e apenas escreveu:

HERMANN HESSE

Demorou, para o seu timing, mas funcionou. Por volta de uma da manhã do dia seguinte seguinte, ela respondeu, para seu entusiasmo:

Hermann Hesse?

Ele jurou que era um assunto urgente, estritamente profissional, e que julgava de interesse dela. Numa manobra de extremo risco, perguntou se poderia ligar, vibrou quando ela, surpreendentemente, respondeu "sim".

Foi direto ao assunto, sem dar margem para intimidades, além do formalíssimo "boa noite". Voltou a perguntar como ela gostava de ser chamada, Eduarda Cristina, Eduarda ou Cristina. Tomou de novo um curto, frio e seco "tanto faz", sentiu que andou duas casas para trás e emendou docemente perguntando se ela conhecia Hesse, Hermann Hesse, se já lera algo dele.

Acertou na mosca, ela admitiu, quase em forma de confissão, que era uma lacuna na sua formação, sabia da importância do escritor. Era daqueles casos em que se fica para ler depois, ler depois e não se lê.

Ele informou que haveria um encontro sobre Hesse num desses centros culturais. Na semana seguinte. Que ela era sua convidada. Ele achava que sua escrita, a dele, o novo autor, humildemente, tinha uma certa pretensão existencialista.

Podiam dali conversar mais sobre *Das estrelas que esquecemos de contar* e só isso, apenas isso.

Veio um forte e inesperado "OK". Ele balbuciou que depois passava as coordenadas. Ela replicou com um novo "OK", ele encerrou com o mesmo "boa noite" respeitoso inicial, mais madrugada ainda, e, como se faz ao final de ligações telefônicas, desligaram. Foi checar seu recém-aberto Instagram, Eduarda Cristina tinha acabado de entrar na sua conta, praticamente sem seguidores e sem nenhuma foto dele.

O que se passava na cabeça dela, não conseguia adivinhar. A dele, panicada, bolava como realizar o evento Hermann Hesse, cuja existência acabara de inventar.

Para quem mudou de identidade, fazer uma cerimônia falsa foi facílimo. Ligou para um desses centros utilizados para palestras menos badalados e geralmente vazios, e alugou uma sala, a pretexto da realização de um encontro corporativo, toparam sem questionamento. Mandou fazer um banner com a foto de Hesse e o título "Hermann Hesse, um lobo na contemporaneidade", bom isso. Reproduziu o banner num *flyer* eletrônico, enviado exclusivamente para Eduarda Cristina, com e-mail para confirmação, criado apenas para seu propósito, "lobo@hesse.com.br". E ficou ansioso por mais um "OK" de Eduarda Cristina. Aliás, como chamá-la? Sacou que isso era um ponto sensível. Na dúvida, iria pelo nome composto, para não correr risco. Esperava que na convivência, que passara a ser sua razão de viver, a questão do nome se definisse naturalmente com a desejada intimidade. No seu caso, não tinha outro jeito a não ser manter o nome falso. Que mulher iria se envolver com um homem que troca de identidade? Um dia, contaria, seu sentimento era o do verdadeiro Pedro. Iria agir com a cautela de um lobo da estepe no encalço matreiro da sua presa, numa metáfora que reconhecia ser machista, mas foi o que ocorreu.

Eduarda Cristina confirmou, e, dez dias depois, ele estava na porta do Espaço Cultural Macunaíma para recebê-la pontualmente. E começou a encenação.

Na porta da sala, com umas trinta cadeiras, o banner pendurado. Eduarda Cristina sentou-se, por sua recomendação, no assento mais próximo do corredor, na primeira fileira. Normalmente sentaria lá atrás, mas para que contrariar?

Nem teve tempo de questionar a ausência de outros ouvintes. Ele, com uma placidez que escondia com perfeição o extremo nervosismo e até taquicardia, anunciou, voz solene e trêmula:

— Eu preparei esta apresentação só pra você.

Ela não se levantou para sair, seu grande temor.

Foi dada a largada! Partiu num PowerPoint chinfrim, chegou a pensar em contratar um técnico em TI, entretanto optou por uma aparência rudimentar achando que essa precariedade teria um simbolismo apropriado para o protagonista da sessão. Cá entre nós, talvez nem Pedro tivesse essa consciência, mas o dono do lobo era apenas um pretexto bem camuflado para soltar sua fera solitária. Um lúpus sobrevivente da Era do Gelo, uma fera tão temida e tesuda que veio dar no bundão e subserviente cão doméstico. Um mamífero impiedoso devorador de carne. Assim como o Homem, que é o lobo do homem. Frase famosa do filósofo inglês Thomas Hobbes, uma falha na sua cultura. Dele só conhecia essa máxima. Aliás, também escrevera sobre baleia, o Leviatã, que não trata do cetáceo e sim da natureza humana. Só lendo. Ah! Também Hobbes cravou na sua autobiografia uma frase inspiradora: ao nascer, minha mãe deu à luz gêmeos: Hobbes e o medo.

Onde estava? No Hesse, cadê o ansiolítico sos! Começou formal, passando os slides de péssimo acabamento, ilustrações sem capricho. Ou capacidade. Hermann Karl Hesse nasceu em 1877, morreu em 1962. Escritor e pintor alemão, em 1923 se naturalizou suíço. Recebeu o Prêmio Goethe (Freud também, poucos sabem, literatura, com *A interpretação dos sonhos*, péssima tradução, como tudo dele no Brasil) e, em seguida, o Nobel de Literatura "por seus escritos inspirados que, enquanto crescem em audácia e penetração, exemplificam os ideais humanitários clássicos e as altas qualidades de estilo".

Goethe e Nobel.

De família muito religiosa, pais missionários protestantes, chegou a estudar em seminário, desistiu de ser pastor, mas foi um inspirador de almas.

Captou a espiritualidade oriental a partir de uma viagem à Índia. Mergulhou na psicologia analítica através de um discípulo de Carl Gustav Jung, depois de uma crise de depressão com a explosão da Primeira Guerra Mundial. Essas duas influências iriam marcar o desenvolvimento de sua obra.

Entre outros gênios, Hesse trocava correspondência com Romain Rolland, tem tudo publicado, outro ganhador do Nobel, autor de um dos maiores e melhores livros de todos os tempos, duas mil e duzentas páginas, normalmente em cinco volumes, mas se lê de um fôlego só, a biografia imaginária de um gênio da música, do nascimento à morte, Jean Christophe.

Mas voltemos a Hesse: teve uma época, já na década de 1970, que ele bombou nos Estados Unidos, o renascimento se espalhou pelo mundo, inclusive no Brasil. Hesse tornou-se o autor europeu mais lido e traduzido do século XX. Foi especialmente popular entre leitores jovens, uma tendência que continua até hoje.

Deixou uns trinta romances, com destaque para cinco obras-primas.

O jogo das contas de vidro, tem quem considere sua obra-prima. Eu não, sublinhou. Remete a uma atividade lúdica. Seria a ideia utópica de encerrar o universo espiritual em círculos concêntricos, unindo a beleza viva da arte à magia formal das ciências, e por aí foi.

Sidarta, inspirado na tradição contada de Siddhārtha Gautama, o Buda. Trata da busca pela plenitude espiritual, e o alcance de estados em que a mente humana se encontra absolutamente completa e plena. Tem gente que considera uma bíblia, de um alemão, sobre o budismo. Coisa e tal.

Narciso e Goldmund, a rebeldia contra os valores estabelecidos, a dicotomia entre opostos. Mais uma vez o autor nos propõe o dilema dos contrários, o choque dos opostos que deve conduzir a uma síntese que engloba ambos num mesmo universo. Narciso é um monge noviço brilhante, racional e contido, e Goldmund, uma jovem de grande beleza e enormes inquietações existenciais. Os sonhos, a dualidade apolíneo/dionisíaco é o eixo central da narrativa.

Demian, um jovem de dezoito anos em plena crise existencial. “Queria apenas viver aquilo que brotava espontaneamente de mim. Por que isso me era tão difícil?” Para resumir, “a ave sai do ovo. O ovo é o mundo. Quem quiser nascer, tem que destruir um mundo”. Foda, não?

O lobo da estepe. Ah, *O lobo da estepe*! De 1927, poderia ser escrito amanhã.

Harry Haller é uma figura que chamariam de estranha. As pessoas consideram estranhas as pessoas que acham estranho conseguir ser feliz neste mundo estranho em que vivemos. Não falou assim. Ainda mais, sendo um intelectual. É difícil um intelectual ser feliz, o conhecimento é para ser uma redenção para a alma, teoricamente a gente vive disso, por isso é teórico, não traz bons presságios para o corpo. Seu, dos que estão próximos ou distantes. Difícil ser feliz sabendo-se o que resta para a humanidade. Harry tem duas certezas na vida: dentro dele existe uma batalha entre o homem e o lobo. Um vive e sofre, o outro se diverte. Até com o sofrimento do primeiro. E que vai se matar ao cinquenta anos, o que considera sua libertação.

Esse arranjo fatidicamente simplista muda quando ele ganha "o tratado do lobo da estepe". E conhece Hermínia, que vai mexer com sua sexualidade.

Hesse nunca confirmou, mas muita gente séria enxergou passagens como alucinações induzidas por drogas, ao que achou por bem abrir um parêntese para informar que não era usuário. Achou que marcaria pontos por ser realidade.

Para ele, era fundamentalmente uma crítica à vida burguesa, mesquinha, mais pelo lado fisiológico do que pelo viés ideológico.

Harry se considera, para rotular, um gênio incompreendido.

O tratado de *O lobo da estepe* revela que há uma segunda alma aprisionada dentro dele, é só deixá-la fugir desse cativeiro. E isso se dá quando Hermínia o leva para o Teatro Mágico, um grande baile a fantasia, onírico. Das experiências sensoriais, a maioria sexuais, que passa nesse cenário delirante que é o Homem que pode se libertar do Lobo e encontrar seu caminho.

Claro que terá de enfrentar visões sombrias.

Vê um mundo onde automóveis atropelam os pedestres, que reagem matando os motoristas.

Em outra porta, um oriental o desafia para um jogo de xadrez no qual as peças, ele descobre, são as pessoas com quem cruzou em sua vida.

Tenta domar o Lobo e, quando se dá conta, é o animal que está usando o chicote.

Harry revive as experiências com todas as mulheres que passaram por sua vida, até o sexo com Hermínia, que encarna uma sacerdotisa do existencialismo, levando seus discípulos a diversos escaninhos do prazer.

Como se mata por amor.

Aí surge o grande problema: Harry se apaixona por Hermínia. Ela havia dito assim que se encontraram: para se amarem, ele deveria matar, além do Lobo, ela mesma. Sem deixar muito claro se é no simbólico ou no real. A expressão que usa é "matar por amor".

Mais do que isso, e já avançara muito, seria dar *spoiler*. Imaginava que ela, agora, Eduarda Cristina, lesse o livro.

Dava para entender o dilema da busca da felicidade, e por que, durante tantos anos, em diferentes fases da vida, *O lobo da estepe* mexia tanto com ele, e também com uma multidão renovada de aficionados. Nunca filmaram direito. Um caso raríssimo de ser transportado para a linguagem audiovisual. É para pensar, ver só atrapalha, porque já traz a visão de alguém. Hesse abriu um leque para cada um abanar na direção desejada.

Quase uma hora depois, antes de encerrar, pediu desculpas por estar se alongando. Penúltimo slide dedicado, entre outros insights do personagem — provavelmente também do autor, é sempre o que o leitor acha —, "ao clímax de uma paixão, que pode chegar a matar por amor".

No último, apenas duas frases de *O lobo da estepe*:

"Nele, o homem e o lobo não caminhavam juntos, nem sequer se ajudavam mutuamente… e quando há dois inimigos mortais num mesmo sangue e na mesma alma, então a vida é uma desgraça."

"Sou, na verdade, o Lobo da Estepe, como me digo tantas vezes — aquele animal extraviado que não encontra abrigo nem alegria nem alimento num mundo que lhe é estranho e incompreensível."

Ao terminar, lágrimas verdadeiras escorriam-lhe pelo rosto. Brotavam com sinceridade de quem ele originalmente era, não se tratava de encenação. Quem jazia inebriado não era o Pedro fictício.

Esqueceu-se de acender a luz antes de desligar o computador e sua reluzência.

Blackout. Sentiu o sangue congelando nas veias e segurou a uma contração uterina, nessas horas semelhantes a um parto, este homem arrumou um útero e vontade de uivar.

Caiu de joelhos.

Mecânica e simultaneamente, em harmonia, ambos sacaram seus telefones, usando a lanterninha para se encontrarem. Caminharam devagar um em direção ao outro. Foi Eduarda Cristina quem puxou os braços de Pedro para a sua cintura e se beijaram intensamente.

Saíram juntos, em silêncio absoluto, entre si e do Universo. Ele abriu a porta do carona do seu carro, ela entrou sem questionar.

Em poucos minutos, estavam no restaurante, escolhido por ele por saber que na carta de vinhos tinha o português "Abandonado", cheio de história e paladar. Escolhido tanto pelo sabor como pela capacidade de manter a conversa, além da mensagem subliminar no nome.

A fala então foi dela, o quanto tinha ficado encantada com Hermann Hesse. Que estava louca, tipo precisava começar a ler agora *O lobo da estepe*.

Na sua estratégia, jamais pensara numa deixa dessas e foi logo assegurando que em livraria não acharia, por internet tudo demora no mínimo sete dias úteis, os Correios vivem em greve, estavam numa sexta e na terça seria feriado, como tem feriado. Não é livro para se ler em tela de computador. Fazia questão de ir até sua casa pegar e emprestar o seu de estimação, nunca fizera isso antes, o mesmíssimo que lera na adolescência. "Imagine, nem pensar", ela disse, atropelada por um sedutor e convincente "Faço questão".

Bebida, foram duas garrafas, muito além da dosagem habitual dela, ou atração, quem saberia a essa altura? O que custaria aguardar no carro à espera do livro? Que ficava mesmo na cabeceira da sua cama no quarto, também no novo apartamento. Ele folheava *O lobo da estepe* com frequência, ao menos gostava de tê-lo por perto. Bastava ver o estado da capa, décima segunda edição, Civilização Brasileira, sem o óbvio animal na ilustração, sua preferida, para entrar na mesma viagem que fizera na adolescência.

— VAMOS ENTRANDO... NÃO REPARE NA ZONA... QUER SENTAR? Rapidinho... o livro está na estante da cabeceira... estou sempre relendo.

(Não acredito que ela subiu! Eu pegaria o livro e levaria para o carro. Se for com jeito, acho que consigo hoje, no primeiro encontro, não acredito!)

— Imagine, tudo bem. Não sei quando a gente se encontra depois, é melhor pegar logo. Esgotado, não foi o que você disse?

(Caraca, subir no apartamento do cara, logo no primeiro encontro, ele deve pensar que eu vou dar mole. Devia ter parado na primeira taça. É pegar o livro, agradecer e me mandar.)

— Esgotadíssimo. Claro que sempre reeditam, pode ser considerado um clássico. É um clássico, transgressor ainda hoje, mas certamente um clássico. Foi uma quebra de paradigma. Virou clássico que não perde o frescor. Espero que não se importe, o meu exemplar é velhinho, com página amassada.

(Caralho, agora fiquei em dúvida se o livro está comigo. Acho que emprestei para aquela atriz de teatro, que confundia Hermann Hesse com Herman's Hermits. Não, está aqui. Não comi, mas ela devolveu.)

— Acabei ficando na dúvida, o Hermann Hesse é mesmo de onde?

(Acredita que veio na minha cabeça aquela banda velhusca Herman's Hermits... "No milk today", "There's a kind of hush all over the world"...)

— Alemão! Aquela região ficou muito confusa. Tem Alemanha que virou Áustria, tem Áustria que a Alemanha tomou. Mas optou por ser suíço.

(Nossa, esses peitinhos devem ser maravilhosos. Esse banho de cultura tem que acabar na minha banheira.)

— Ué, Freud não era austríaco? O mestre de Viena...

(Podia ser pernambucano, estou é muito tonta. Vou fechar a boca, esperar o livro e me mandar rapidinho. Mas, com certeza, o intelectual de botequim aqui deve ser bem gostoso.)

— Pois é, uma zona. Onde Freud nasceu já foi Alemanha, já foi Áustria, hoje é República Tcheca. Já que o assunto está rendendo, aceita mais vinho? Vamos continuar com o Abandonado?

(Seguinte, se eu continuar bebendo, é bola na marca do pênalti. Depois, Freud explica.)

— Você gosta mesmo de Abandonado, hein? Pode ser. Também amei.

(Amei foi demais! Putz, aceitei o vinho. Se oferecesse cachaça, também pegava. Desse jeito vou acabar pegando no pau dele, que por sinal...)

— Eu também tenho *A interpretação dos sonhos* para emprestar.

(Meu sonho agora com essa gostosa nem precisa de interpretação...)

— Não precisa! Esse eu já li. E, me desculpe, Freud é um gênio, mas chamar de literatura...

(Acho que o pau dele está mesmo interpretando alguma coisa...)

— O Bob Dylan não ganhou Nobel de Literatura também? Tradução, Eduarda Cristina, tradução. As versões em português da obra de Freud são vergonhosas. Agora que são de domínio público, vão acabar em cordel em feira nordestina.

(Vou botar "Lay, day, lay" para tocar, também leva para o mesmo bosque...)

Serve o vinho.

— Saúde!

— (espirra) Bem que você adivinhou, obrigada. Nossa! Leu Freud no original!

(Meu interesse por línguas neste momento anda por outros lugares.)

— Quem me dera! Domino inglês, arranho espanhol, só tenho algumas noções de francês. Do alemão, conheço apenas algumas palavras. E o vinho?

(Meu interesse por línguas nesse momento anda por outros lugares.)

— Hã? É mesmo ótimo! Então, sr. Pedro, esse exemplar do Lobo sai ou não sai?

(Vamos botar ordem no recinto, ou ele vai pensar que sou uma bêbada. Uma vagaba. Uma vagaba bêbada. O que sou?)

— Já vou buscar, desculpe. Você não quer tirar o casaco?

(Atenção, movimento decisivo no jogo de xadrez.)

— Obrigada, estou bem. Queria, sim, um copo d'água. Já bebi demais por hoje, não estou acostumada.

(Alto lá, mais do que na hora de organizar a defesa.)

— Um café?

— Vai dar trabalho.

— É instantâneo.

— Então não é café!

Explode em gargalhadas. Ele ri muito da gargalhada dela. Os dois estão muito bêbados.

— Onde estávamos?

— No meu apartamento...

— No meu copo d'água.

Pedro providencia a água.

— Onde é que a gente estava mesmo?

— No *Lobo da estepe*.

— Não, você perguntou se eu queria tirar o casaco. Sim, vou tirar o casaco.

— Passa aqui.

(E a partida recomeça com o centroavante driblando o último zagueiro.)

— E quero mais vinho.

— Claro, princesa!

Serve mais vinho.

— Isso, agora sim, me chamando de "princesa". Ótimo, chega de literatura alemã, psicanálise, conhecimentos enólogos. Vamos direto ao ponto: a questão que se apresenta é se devo transar no primeiro encontro.

— Pelo amor de Deus, Eduarda Cristina. Você acha que eu te trouxe até aqui com segundas intenções?

(O melhor ataque é a defesa, já dizia Neném Prancha. Gentil Cardoso. João Saldanha. Alguém disse.)

— Se você leu mesmo Freud como fica falando, saberia que as segundas intenções são as primeiras!

(Estou completamente louca. Álcool queima mesmo os neurônios.)

— Bom, devo entender isso como um "sim". O verdadeiro sentido ao vir até aqui era sexo.

— Será?

— Então, pego ou não o livro? Ou vamos abrir, digamos, uma negociação formal sobre a possibilidade de esse nosso encontro sair do campo filosófico pro físico? Eu tenho preservativo...

— Pre-ser-va-tivo... É daqueles com sabor? Aposto.

— Você não carrega camisinha na bolsa?

— NÃO! Pra um primeiro encontro, nunca. Eu não sou dessas que dão de primeira! Não tem nada de antifeminismo achar que sexo é algo além de satisfação. E, me desculpe, jamais pensei em algo além do profissional com você.

— Nem considero um primeiro encontro. Te dei uma carona e passamos aqui apenas pra pegar o livro.

— E me comer.

— Um momento, se tem alguém que não para de falar em sexo desde que chegamos aqui é você.

— Hã, hã. Me enchendo de bebida.

— Ué, quem fica pedindo bebida o tempo todo? Eu nem te convidei pra subir. Você saiu do carro me seguindo.

— Aproveita e me serve mais uma taça.

— Sabe do que mais? Você está sendo um pouco pretensiosa, achando que não tenho outra coisa na cabeça a não ser te levar pra cama.

Basta de desejos ocultos, é Eduarda Cristina quem avança sobre Pedro como uma loba faminta.

O bote foi dela.

Beijo não traz o gozo. Mas é a indicação definitiva de que o tesão terá concretude. Dispara a ereção e deságua a lubrificação, para que esses fenômenos justifiquem sua origem.

A mão dele checou a umidade dela, enquanto ela conferia e estimulava a rigidez dele.

A pegação, com o frenético despir, abriu caminho para que os sentidos pudessem se exercitar, em imagens, gostos, texturas, cheiros e sons.

Eduarda Cristina arrasta Pedro para o sofá com manto indiano.

E é ela quem o conduz e, interrompendo as chupadas mútuas, puxa Pedro para dentro de si, impondo um ritmo lento, pernas abertas para o céu.

Do nada, sem premeditação, Pedro dá uma forte palmada na bundinha rija de Eduarda Cristina. Sem perder a cadência, ele se assusta com o gesto, jamais antes aplicado e que poderia ter uma reação daquelas.

Ela sempre repudiara tapinha, na teoria. Só que o tapão destampou ainda mais sua excitação. Manobra para ficar por cima dele, sem deixar sair, Pedro seguro pelos pulsos. Comanda a cavalgada em disparada, até que explodem juntos.

Eduarda Cristina sentia o que nunca sentiu.

Pedro sentia o que nunca sentiu.

Em concha, no abraço para o sono, ela sente algo machucando seu ombro, por debaixo da almofada.

É o tal do velho *O lobo da estepe*. Ela o alcança com dificuldade, enfiando a mão sobre o ombro, e atira o livro com força na direção do corredor.

Ainda enlaçada, ela acordou com o corpo numa dormência gostosa que se espalhava até chegar às suas extremidades, para então seguir o caminho de volta até se concentrar, por alguns instantes, no empapado ponto de partida, como uma esponja a reter e distribuir correntezas, hormônios, essências, pequeninas descargas elétricas, num moto-contínuo com a falsa ilusão de que o metabolismo perpetuaria sua deleitosa latência entorpecida. Por ela, duraria a eternidade.

Não tem jeito, de todo jeito, por baixo, de ladinho, por cima, por baixo, empurra e vai, era um corpo estranho e de um estranho invadindo o seu. Mesmo que com os mais consentidos desejos, adentrando pelos seus pedaços mais íntimos, sugando os fluidos mais escondidos que seu organismo produzia.

Pedro havia chegado lá. Nele, o instinto não era a busca de um objeto do seu desejo, mas servir de instrumento do prazer dela. Assim percebeu e comemorou.

Tentava raciocinar a respeito dos sinais emanados do seu físico; o espelho denunciava a marca ainda vermelha do tapa. Um tapa! Na sua... bunda, não cabia outra palavra, pois foi onde foi aplicado. Delicioso. E havia uma marca de mordida no ombro direito, uma leve dentada não para machucar, mas lá estavam os sinais de dentes, mas que também não queriam machucar. Eram assinaturas do regozijo. Desejou que nunca saíssem de lá, como uma tatuagem definitiva do homem que a completava.

Encontrara o homem da sua vida.

Suas amigas sempre mexiam com ela, por ser tão bonita e desejável e, na visão delas, ter uma predileção por homens feios. Caçoavam dizendo que ela deveria ser uma decoradora, tamanho foco na beleza interna dos seus pares.

Eduarda Cristina reconhecia que suas motivações sexuais frutificavam da árvore da sapiofilia. Que, naturalmente, se intensificava em progressão geométrica, quando o dono da inteligência admirada vinha com tudo certo no lugar certo. Cérebro malhado carregado por músculos minimamente definidos não são opostos e atraem.

Tolice fingir que uma intelectual feminista fica inabalável diante de um gato da melhor qualidade, aí, sim, de acordo com o ponto de vista do físico.

Eduarda Cristina considerava-se uma feminista sem radicalismos. Sua excitação primal pelo saber em nada se confrontava com a identificação subjetiva de atributos físicos, que, para ela, também geravam reações físicas que não via razões para administrar. Por outro lado, administraria em seu proveito. E qual o problema de, além do mais, ser bem de vida? Ela merecia tudo isso, sem submissão alguma. Não seria a dona dele?

Pedro era, indiscutivelmente, um macho alfa. E que não tinha noção disso, o que o tornava ainda mais apetitoso.

Teria um filho dele.

Se menino, José Eduardo.

Menina, Ana Teresa. Sem agá nem zê.

Teriam um casal. De nomes duplos, de uma hora para outra desencucou da denominação que tanto infernizava sua vida.

Assim seria, era para ser, daquela trepada bêbada no sofá, sobre um livro de um escritor complexo e mais para cético, um sentimento esplendoroso iria se forjar até uma concretude inabalável que redundaria na formação de uma família.

Agora, era manter as aparências. Rompera a ríspida fortaleza inexpugnável, bem, difícil acesso, e fizera sexo, e que sexo, no primeiro encontro. Ir com prudência para que aquilo que aparentava ter sido casual se transformasse em felizes para sempre.

Como em certas pessoas, quase todas talvez, a expectativa de chegar à felicidade traz um estúpido sentimento de culpa — a explicação pode estar em se saber que a maioria jamais conquistará a felicidade em nenhum dos planos das necessidades básicas do existir —, brota a sabotagem, autossabotagem.

E, para Eduarda Cristina, esta se deu com a súbita lembrança da mãe, Ursula, morta num acidente de ônibus havia dois anos. Nem juntara ficção à realidade quando se encantou por *Das estrelas que esquecemos de contar*, uma enorme coincidência que só agora se concatenava.

A primeira coisa que a perturbou foi por não ter se lembrado da mãe quando leu o texto, o trecho do acidente, e fora mais de uma vez. A segunda é que não gostava de se lembrar da sua mãe.

Por uma razão muito simples, não gostava da mãe. Mesmo depois de falecida, quando, pelas regras, o perdão é compulsório.

A explicação de não gostar da mãe era muito simples. Tinha certeza de que sua mãe não gostava dela. Teve filho — ela, única — por obrigação. É impressionante a quantidade de mulheres que não têm a menor vocação para a maternidade e, mesmo assim, encaram a tarefa como se fosse um dever curricular. Já está provado, nem o pungente instinto maternal existe. Inventaram. Eduarda Cristina só teria se fosse fruto de um grande amor, possibilidade que, até ontem, considerava muito distante.

Ao que se lembrava, a mãe havia sido cuidadora omissa durante sua infância, voltada para suas pesquisas e aulas na universidade. Raquel foi socióloga razoavelmente conhecida, com duas publicações bem recebidas no meio acadêmico. Seu mundo era a universidade.

Para enfrentar os desequilíbrios e inseguranças da adolescência, Eduarda Cristina não contou com sua mãe. Raquel era desatenta, distante. Irascível, tratando a filha como um estorvo. A ponto de repetir que só engravidara por insistência do pai.

A impressão que tinha era que a mãe amava mais sua tese de doutorado do que a jovem em parafuso que trouxera ao mundo. Sem nunca ter pedido para nascer, como dizem, só para ferir ou dar o troco, filhos revoltados com os pais.

Numa relação que só fazia piorar, Eduarda Cristina sentiu-se pessoalmente atingida quando ocorreu a separação. Raquel foi quem decidiu abandonar o marido. Eduarda Cristina nunca soube, mas apostava que havia outro. Em casamentos, ainda que a mulher decida abandonar o marido, é este, invariavelmente, que se vê na condição de partir.

Dessa maneira, sua mãe impunha à filha uma distância física compulsória da pessoa que, na ocasião, Eduarda Cristina mais amava — seu pai. E este, por sobrevivência, economista recém-demitido de uma empresa de construção, foi obrigado a ir morar no Chile, onde tinha parentes. Constituiu nova família, teve outra filha, para aumentar o sofrimento de Eduarda Cristina. Os contatos foram rareando, até que cessaram. A bem da verdade, ela nunca arrumou tempo para visitá-lo, com uma sombra de dúvida — talvez equivocada, nunca saberia — sobre se seria bem-vinda.

A partir de determinado momento, pelo silêncio com o passar dos anos, a incógnita passou a ser se ele ainda continuava vivo. Resolveu considerá-lo morto.

Com a partida do pai e a péssima convivência com a mãe, estranhas às vezes se cruzando em direção aos respectivos quartos, Eduarda Cristina mudou-se um mês depois para o apartamento alugado onde morava até hoje. Viver sozinha, em vez de trazer solidão, abriu seus horizontes. Muito bom estar apenas consigo mesma. Trabalho estável, sem grandes pretensões no campo afetivo, recebeu como anestesiada a notícia do acidente fatal com a mãe.

No testamento, apresentado por um advogado de quem nunca ouvira falar, Raquel não lhe deixava nada, porque nada tinha. De importante, determinava que seu corpo fosse cremado. Até nessa hora sua mãe a obrigava a uma tarefa nada agradável.

Dois dias passados, o ser humano pulverizado dentro de um vasilhame que entregaram burocraticamente era sua mãe. Reduzida a um punhado de cinzas, resíduo sólido que teve origem em proteína animal, restos de ossos de cálcio, mistura de minerais incrustados em dentes, pano e material plástico de vestimentas, por tabela, o que sobra dos vermes que vivem dentro de nós, cremação vivos, juntos, fundidos, sem autorização em cartório.

Setenta quilos transformados em um, de material cáustico oriundo de uma pessoa também cáustica.

O que fazer das cinzas? Impressionante, sua mãe complicava a vida dela mesmo depois de morta. Não havia instruções. Ou ela imaginava que Eduarda Cristina deixaria a pequena urna dourada em exibição, ou dentro de um armário, na sua casa? No freezer?

Ficou por uma semana sobre a geladeira. Até que um dia, ela tomou coragem: escondeu a urna na parte superior do moletom, passando a impressão de que era gorda ou estava grávida, e virou tudo, bruscamente, temendo que a brisa jogasse fragmentos de volta ao seu rosto, na boca do canal do Jardim de Alá, do lado da Lagoa, próximo ao Clube dos Caiçaras. Deixou a urna, vazia, numa providencial caçamba para entulho de obra. Sabia que era proibido. Raquel virara na água resíduo tóxico, ecologicamente incorreto. Não seria ela e sua mãe que provocariam mais uma mortandade de peixes.

O momento não era para culpa.

Aliás, o momento nem era para pensar na mãe. Ainda que viva, não seria para ela que contaria quando encontrasse o grande amor. Talvez só para dizer que estava feliz sem ela.

Olhou-se no espelho, parcialmente desembaçado com o braço, num espaço em que só cabia seu rosto, e confirmou-se o que lia nas revistas femininas, as séries que ela apreciava: sem colágeno, placenta de baleia ou Botox, milagrosamente, sua pele adquirira novo viço. Não importam as marcas de expressão ou rugas, o que atesta jovialidade é a aparência tenra da tez.

O momento era de pavimentar uma vida plena com Pedro. Sim, seguiriam adiante juntos.

Na última piscadela, antes de retomar o sono, flutuou a dúvida, sem desconfiança, somente curiosidade de amante. Precisava conhecer melhor, saber quem era a pessoa que se transubstanciara do nada para ser sua razão de viver, mas deixou para lá.

O que interessava, naquele segundo, é que, juntos, ouviram, viram e contaram incontáveis estrelas.

Agora quem acorda é Pedro. Com a sensação de que o que se vê nos filmes sobre romances arrebatadores pode acontecer na vida real. Encontrara a mulher da sua vida.

Sabia que suas motivações sexuais esgueiravam-se pela sapiofilia crônica. Que, naturalmente, se intensificava em progressão geométrica quando a dona de tamanha sagacidade vinha embalada com tudo certo no lugar certo. A motivação original no campo do machismo, de acordo com o ponto de vista e as predileções do macho.

Pedro considerava-se um machista moderado em fase de reeducação, aí estava sua excitação pelo saber para atestar, todavia atributos físicos também geravam reações físicas difíceis de administrar, se é que representassem uma barreira. Não se sentia culpado por, outra metáfora rude, juntar a fome com a vontade de comer.

Sua máxima culpa estava por trazer Eduarda Cristina para um roteiro de sentimentos puros e verdadeiros, só que fazendo com que ela embarcasse numa viagem com passageiro desconhecido. Tudo era verdade, menos ele. Até ele era verdadeiro, envolto numa encenação de consequência imprevisíveis.

Paixão devoradora, consumidora. Não premeditara, a faísca ateou fogo em sua alma e não poderia seguir adiante com a mentira da falsa identidade. Que bobagem, que maluquice fizera, pensava agora. O incidente ignorado, como às vezes desconfiava, comprometera seu comportamento. Iria consertar.

Era previsível que Eduarda Cristina o enxotaria merecidamente — ainda mais ela — antes mesmo de ele terminar as justificativas para essa imensa tolice, esse Pedro inventado.

Nem quando era quem era (e continuava sendo, oras) cogitara ser arrebatado pelo amor de uma mulher, sentia que era recíproco, esse sentimento sobreviria até o fim das suas justificativas, injustificáveis, convenhamos.

Assim como Eduarda Cristina, agora era ele quem pensava na mãe. Queria colo. De mãe.

Ao contrário de Eduarda Cristina, a dele era mãe de amor extremado, cuidados exagerados.

A imagem que ficara dela era a do leito da UTI do hospital, consumida pela doença, pouco antes de parar de respirar, pedindo perdão pela falta de leite, apesar dos esforços para amamentá-lo.

Ele não teve tempo de responder que nem sabia disso, que não lhe fizera falta alguma, quer dizer, que aquilo não era nada comparado a tanto amor recebido.

Não poderia perder agora Eduarda Cristina.

Afinal, esse seu personagem Pedro não fizera nada de mais. Claro, iria omitir que desejara matar alguém.

Como justificar satisfatoriamente ter entrado num surto? Fácil. Era só jogar a carga no choque pós-traumático e até culpar o incidente, a amnésia, por ter saído da linha, para onde voltaria pelo amor a Eduarda Cristina.

"OK, meu amor, entendo e te perdoo, coitado, que situação, ferimentos, falta de lembrança, que horror, o importante é que sigamos juntos", chance zero de ouvir essas palavras de Eduarda Cristina, que já fora arisca no início, quando nem início era. Pelo que sabia da sua personalidade, a revelação poria tudo a perder.

Não iria correr o mínimo risco. Não declararia, ao abrir da porta, "Não sou este Pedro". Deixaria tudo como estava e consolidaria o relacionamento, em busca de um vínculo forte capaz de resistir à revelação que um dia teria de acontecer.

Faria a confissão quando formalizasse o pedido para ficarem juntos para o resto das suas vidas, anel de diamante nas mãos, numa viagem internacional, no restaurante panorâmico da Torre Eiffel. Paris.

Passaram a se ver todos os dias. Às vezes ele dormia no apartamento dela; noutras, ela dormia no apartamento dele. Enfurnados, pedindo comida fora. E vinho, sempre.

Um dia, ao chegar, ela finalmente disse que precisava conhecê-lo melhor e perguntou quem ele era, trabalho, formação, origem, família. Na internet, nenhum Pedro Machado era ele.

Primeiro, respondeu com entonação de tango argentino, que sua vida começara no exato instante em que a conhecera. De certa forma, era uma quase verdade no emaranhado de fingimentos.

Depois, em tom sóbrio, disse que era formado em Comunicação — verdade —, que perdera os pais relativamente cedo — verdade —, que não tinha ninguém no mundo — verdade —, que vivia com uma ótima herança, muito dinheiro aplicado — verdade — e que viajava muito — verdade. A inexistência de passado nas redes sociais se devia ao fato de que ele era efetivamente discreto, achava sem propósito, e só passou a frequentá-las por conta dela.

Com um saldo extremamente positivo de verdades, foi sua vez de saber de Eduarda Cristina, que resumiu sua existência até ali de modo sucinto e lacônico, como tinha mesmo sido. A troca de biografias, a verdadeira, a dela, e a falsa autorizada, a dele, foi selada com um beijo ardente.

Entendeu que havia avançado mais uma casa no tabuleiro, mas não voltaria atrás da decisão de, em breve, contar o que deveria ser contado.

Entre os doces afazeres, incluía-se a revisão de *Das estrelas que esquecemos de contar*, do qual, com entusiasmo, Eduarda Cristina estava praticamente se transformando em coautora. Assinariam juntos, era seu desejo, ela rejeitava.

"Pela manhã, cedinho, ao dobrar uma esquina a caminho da sua barraca, um mercador de Bagdá viu-se frente a frente com a Morte.

A Morte pareceu ainda mais espantada do que ele, que se virou e fugiu em disparada.

Andou apressadamente por dezenas de quilômetros, enfrentando calor e sede, até chegar, exausto porém aliviado, à cidade vizinha de Samarra.

Já era noite quando se sentou num banco da praça central. E deparou-se com a Morte.

— Tudo bem, sou seu. Mas por que a sua cara de espanto hoje cedo em Bagdá? — perguntou, resignado.

— Porque eu tinha marcado o encontro com você esta noite em Samarra."

Ele sugeriu que essa antiga fábula árabe fosse o prólogo do seu livro, que deveria seguir para a gráfica ainda naquela semana. Descobriu esse miniconto num episódio de

Sherlock da BBC, série é cultura. "Nem pensar", rebateu Eduarda Cristina. A história do mercador e da Morte era boa, a GRANDE mensagem estava casada com o livro, o destino incerto sempre certeiro, mesmo quando se acha que ele erra. Bem pensada essa saga do Oriente Médio, boa de referências filosóficas, mas quem gostaria de ir adiante na leitura tendo que abrir a porta com um *approach* tão funesto? O livro já era baixo-astral, no bom sentido, para que um penduricalho tão fúnebre? E ainda acrescentou, "Que mania de morte", e disse que Pedro era "muito recorrente com esse tema".

— Eu não sou recorrente. A morte é que é — filosofou, num bote para beijá-la profundamente, daí até a cama, nunca feita, não havia espaço de tempo que justificasse, atravessando o corredor, grudados pela boca, para celebrarem a vida que fervilha sob lençóis.

No abraço de carinhos suaves que os casais usam para ir baixando a eletricidade do orgasmo, ele sussurrou no ouvido dela, de tal forma que ela deu mais atenção às palavras do que às costumeiras cócegas:

— Embarcamos sexta-feira para Paris.

O "sim" veio sob a forma de uma manobra acrobática, passando por cima do corpo dele, sua posição favorita, que ele também adorava, iniciando uma trepada lenta e constante, a mais suave até então, que só cessou quando, depois de novo gozo, mais forte, ele dormiu sob seu corpo.

ANTES DA CONFISSÃO, UMA ÚLTIMA TENTATIVA PARA PREENCHER O LAPSO ENTRE A ESPERA NA CONSULTA MÉDICA E O ENCONTRO COM OS MENDIGOS NA LIXEIRA PÚBLICA: UM HIPNOTIZADOR.

A essa altura, mais do que sofrimento constante com um pedaço de vida sumido, apresentar um episódio traumático terrível poderia fortalecer suas desculpas para a esperada e compreensível reação indignada de Eduarda Cristina. Apesar de visivelmente apaixonada, devido à sua personalidade forte, Pedro estava preparado para uma tormenta. A ligação entre ambos tornara-se tão visceralmente sólida que ele apostava que conseguiria contornar.

Justificar seu transtorno com uma tentativa de assassinato ao reagir a um assalto seria um forte atenuante, apostava.

Para curar uma grande mentira, só mesmo uma verdade maior ainda. Não inventaria mais nada.

Hipnose deixa a consciência periférica reduzida.

Está tecnologicamente comprovado, por exames eletroencefalográficos, que as ondas cerebrais assumem novas formas, que não são as que surgem no sono. Havia, e disso não duvidava, um outro estágio escondido. E através dele poderia resgatar o capítulo fugidio.

Sua última esperança era que durante o transe hipnótico algo viesse à tona.

Não existe cadastro, muito menos ranking, na categoria "hipnotizador".

Nas poucas reportagens que vira na rede, o que lhe pareceu mais sério, gostou do estilo, foi Victor Kohle, um argentino descendente de alemão. Havia muitos anos radicado no Brasil, não tinha mais o sotaque castelhano, que para Pedro soaria a pilantragem. Preconceito.

O dr. Kohle, um sexagenário com topete grisalho, marcou para a tarde do mesmo dia. Pedro deu uma desculpa para Eduarda Cristina e rumou para o consultório no Leme.

João Pedro Fonseca Steinbruck achou melhor ser honesto, a terapia já era duvidosa, apresentou-se como João Pedro Fonseca Steinbruck.

Contou brevemente sua saga, omitindo a falsa identidade e a tentação homicida, revelando que havia uma história faltando na sua história. E que era justamente isso que vinha resgatar, se possível.

Saíra para dar uma volta pelo desconhecido.

No currículo do doutor constava que era formado em Medicina, reconheceu que nunca antes havia tratado de algo semelhante, assegurando que cuidara de casos bem mais complexos e que, com certeza, a hipnose teria um efeito libertário, revolvendo a memória e trazendo o que estava escondido no fundo do poço.

— Podemos começar? Feche os olhos, se ajeite bem no divã. Fique tranquilo e sereno. Relaxe o couro cabeludo. Relaxe as pálpebras; não pressione os olhos; relaxe a face; relaxe os maxilares; relaxe o peito; o diafragma; respire lentamente; relaxe os braços, as pernas, os joelhos, as panturrilhas, os braços, as mãos; os pés, os dedos. Assim, tranquilo. Esvazie seus pensamentos, ouça apenas a minha voz. Quando eu estalar os dedos, você estará acordado mas como num sonho profundo.

Estalou os dedos.

Pedro entregou-se para valer e teve a sensação de estar flutuando dentro de si mesmo.

O dr. Kohle foi direto ao ponto:

— João Pedro, o que aconteceu com você depois daquela consulta?

— Estou com muito frio. Muito mesmo. Estou congelando.

— Calma... Você me contou sobre o filme do alpinista congelado. Quero saber é de você. Se solte e me diga o que aconteceu com você.

— Estou com muito calor. Muito mesmo. Estou queimando.

— Calma... Você me contou sobre o calor no lixão. Abstraia o sofrimento e me diga o que aconteceu com você...

— *Two roads diverged in a yellow wood, and sorry I could not travel both...*

O hipnotizador nem sabia que era de uma poesia. Muito menos quem era Robert Frost. Tentou ser mais duro.

— Vamos, João Pedro, diga!

— Estou morrendo. Acho que vou vomitar. Estou morrendo, está tudo rodando. Ai, minha cabeça... muita dor, insuportável...

O dr. Kohle estalou os dedos.

Nada, teria que conviver com algo que vivenciou e sumiu. Teria que encarar Eduarda Cristina rezando para que o mistério em si tivesse a força de um bom álibi. O dr. Kohle não queria receber, mas Pedro insistiu e pagou os quinhentos reais.

E rumou para a última noite de amor antes de Paris.

A VONTADE DE MATAR AGORA ERA DELA. Não como o capricho delirante dele, que não se realizou, mas algo que fervilhava do fundo do poço do seu âmago, algo legítimo diante da mais nojenta das traições. Só matando. Algo que nunca lhe passou pela cabeça. De qualquer forma, precisava ouvir dele as razões de tamanha farsa. A mais grave, a mais impensável traição é fazer alguém se apaixonar, e de tal forma, por uma pessoa que não é quem diz ser. Foi uma armadilha só para ela ou se tratava de um psicopata solto no mundo? Como não percebeu? A raiva crescia porque preferia, no fundo, não ter descoberto. O que só exponenciava a dor e o ódio.

— Acorda! — gritou.

— O que foi, meu amor? — perguntou, sonolento. Ainda estava escuro.

— Meu amor? Vou te dizer uma coisa, a minha vontade era pegar o vaso da sala e esmagar a sua cabeça. Mas preciso saber por que você fez uma escrotidão dessas.

— Pode me explicar o que está acontecendo? — perguntou por obrigação, pois era óbvio que a máscara dele havia caído.

— A pior coisa que pode acontecer é você ser sonso, fingir que não sabe do que se trata, só faz aumentar o meu rancor. — As primeiras lágrimas brotavam, nublando seus olhos furiosos.

— Eduarda...

— Vamos economizar tempo: onde você estava com a cabeça, seu doente, quando se fez passar por uma pessoa que não é? É um bandido? Devo me sentir ameaçada? Psicopata! Vou chamar a polícia.

— Calma! Sou pacífico. Incapaz de fazer mal a ninguém.

— Ah! Pois fez muito mal. Seu merda, e eu tinha algo tão maravilhoso pra te contar.

— Imagine, nunca machuquei ninguém, ainda mais você. Foi acidente, uma confusão, te amo de verdade.

— Verdade? Me dê um bom motivo pra eu não chamar a polícia. Eu estou destruída, não vou deixar um doente como você solto por aí.

— Calma, Eduarda. Eu juro que ia contar pra você. A viagem pra França... iria te pedir em casamento... Me deixe mostrar o anel... Quero ter filhos com você, é sério. O que sinto por você é verdadeiro. Eu não esperava me apaixonar. Vamos superar isso.

— Você só pode estar de brincadeira, e de péssimo gosto. Estou, estava envolvida, convivendo, transando, amando, fazendo planos com um homem que não existe.

— Meu amor, a gente se dá bem, você vai entender, me deixe explicar. Sofri um acidente. Perdi a memória. Fiquei confuso. Mas meu sentimento é verdadeiro, você tem que reconhecer. Mas como você descobriu?

— Eu é que não devo explicações. Você se recusa a contar direito sobre seu passado, mas fala dormindo. Toda hora "rifle", "rifle". Você não tem impressões digitais, acha que não notei? As cicatrizes na barriga. Nenhuma foto sua antes de nos conhecermos. Na editora, ninguém sabe direito de onde você apareceu. Eu levando adiante, achando que estava paranoica, gostando muito de você, sabia? Ontem a editora mandou os originais de um livro que trata de troca de identidade. Caiu a ficha. Enquanto você roncava, peguei seus documentos, lá consta o seu nome completo. Acreditava que era só Pedro Machado. Fui pra internet, o único Pedro Machado Lomba Neto que achei foi um bandidinho perigoso da zona sul. Um criminoso barra-pesada que até já mataram. Podia ter arrumado um nome melhor. Um criminoso? Estou ficando com medo.

— Eduarda...

— Já falei, não quero mais saber. Você, sei lá quem é, morreu pra mim. Adeus, senhor-não-sei-quem. Babaca!

E voou para a sala, em direção à saída.

Ele correu e conseguiu se colocar entre ela e a porta.

— Cristina, não vamos jogar tudo fora. Você vai entender.

— Monstro...

Ela avançava, tentando abrir caminho a unhadas. Num impulso, ele a empurrou para trás. Eduarda Cristina, com a queda, foi dar na mesa de vidro de centro.

A cabeça dela bateu feio, bem na quina. Ela ainda se levantou, cambaleante, tornando a tombar no meio da mesa, que se espatifou e abriu um vão rapidamente tomado por uma poça de sangue escuro.

Um dos cacos atingiu o monitor de TV da parede, quebrando a tela e iniciando um curto-circuito, cujas faíscas se lançaram sobre a cortina, vorazmente consumida por pequenas chamas.

Piscou a luz de um painel imaginário que projetou para sua retina o slide da apresentação Hermann Hesse/ Lobo da Estepe: "Matar por amor".

Da gaveta do bar da sala, pegou um cubano de marca famosa. Acendeu na poltrona, lentamente consumida em fogo brando. O ambiente foi se enchendo de fumaça. Caminhou até a janela, sentou-se no parapeito. Deu uma tragada profunda. A fumaça do tabaco sendo engolida pela emanação negra típica, de derivado do petróleo, que ia tomando conta da sala.

Fixou o olhar nos restos de um tênue reflexo de uma lua tímida nas águas da Lagoa.

Uma labareda avança chamuscando a bolsa de Eduarda, caída perto de Pedro.

De nada vai adiantar, mas instintivamente ele a puxa pela alça, fazendo cair um papel. Um exame de gravidez. Positivo.

De um relâmpago interno, surgem com nitidez as circunstâncias que o jogaram na caçamba. Thomaz, quem poderia imaginar, aquele traíra filho de uma puta dissimulado, por isso tanta gentileza, se não tivesse morrido, com certeza o advogado por quem derramara lágrimas armaria de novo contra Pedro.

Meu Deus, por causa de um patrimônio nem tão exuberante assim... com a procuração, ficaria com tudo. Bom, isso agora não importa mais, Isso e nada — fala alto, consigo mesmo.

Vítima de uma barbárie! Lembrar justo naquele instante de nada valia. O passado só faz sentido se o presente vive a ilusão do futuro. Mesmo sendo o porvir somente miragem intangível, uma vez que, quando chega, já é presente. Para Pedro, nem o presente existia mais.

Nas golfadas finais da consciência, numa dimensão inexplicável, Pedro não está mais lá. Imagina-se como testemunha de um sonho, um pesadelo do qual é um personagem fictício. A vertigem lúcida não se dissipava, e ele afundava numa onírica profundência paralisante.

Apesar do fogaréu crescente, ardente e abafador, sente o corpo a se congelar, morosamente, começando nos dedos dos pés e avançando para cima.

Na calçada, lá embaixo, uma caçamba de entulho de obra seria o destino mais provável para a queda. Ele preferiria a Lagoa, tão perto, tão distante, sob incontáveis estrelas.

Um vaso explode na estante, onde seus livros, incluindo *O lobo*, já se retorceram em ardor, e atira a luneta do rifle na direção da janela. Com uma agilidade incomum, Pedro consegue pegá-la no ar.

Seu olhar para a Lagoa é capturado por um ponto trêmulo e nebuloso.

Acerta o foco. É a pequena criança sendo amamentada que, de relance, larga o peito materno e parece olhar, firme e severamente, nos seus olhos distantes.

Apesar do instrumento óptico entre os dois, ele se vê refletido na pupila da pequena criatura, a mais marcante troca entre dois seres.

Abre o campo focal e, acima do fio de leite que escorre pelo canto da boca infantil, reconhece a sua pinta avermelhada na testa. Confere na própria testa, para confirmar o mesmo sinal físico de nascença.

Uma ubiquidade etérea:

Ele era o bebê.

O bebê era ele.

Pedro, Dom, Hans, João; Sir, Hermann, Harry, Hesse, Eiger, Raleigh, Steinbruck, na ponta da Ponte de Pedra, Pedro. E o Lobo vitrificou-se numa estranha metamorfose distópica.

Congelado, aos quarenta anos, diante de um João Pedro com toda uma vida pela frente.

Este livro foi composto na fonte Fairfield e
impresso em papel Pólen soft 80 g/m^2, na Geográfica.
Rio de Janeiro, Novembro de 2018.